I coralli

In accordo con United Stories Agency - Roma

www.einaudi.it

ISBN 978-88-06-26821-3

Barbara Frandino

Tremi chi è innocente

Einaudi

Ad Ari
A Carla
A mio padre

Tremi chi è innocente

Oggi

A un certo punto dico che mi si chiudono gli occhi. Le passo il telecomando, mi alzo dal divano: «Sono stanco, meglio se vado». Senza guardarmi, mi augura la buonanotte e mi accarezza la stoffa dei pantaloni, non si accorge di niente. Poi mi sposto nell'altra stanza e mi preparo a morire.

Dal soggiorno urla: «L'hai messa la sveglia?»

La sveglia, come no, dico io. Lavo i denti, infilo una maglietta e un paio di mutande pulite, stendo il gel sui capelli. Non c'è niente di peggio che vergognarsi della propria morte.

A letto, spengo la luce e mi giro sul fianco con le gambe piegate, le mani strette tra le ginocchia, la mascella serrata. Prima che il mio cervello divori se stesso voglio fare provvista di ricordi, riempire uno zaino di ricordi da portarmi dove sto andando. Sfilo la mano destra e la appoggio alla fronte. Gli stessi gesti, ogni sera. Nel nome del padre del figlio e dello spirito santo, poi la intrappolo di nuovo tra le ginocchia. Questa sera, però, lei è uscita e nella stanza c'è qualcosa di nuovo: un rumore ritmico che arriva dal cuscino, come se qualcuno avesse nascosto un metronomo tra le piume.

Dopo quanto tempo troverebbero il mio cadavere?

Dalle fessure delle finestre entra una polvere sottile, si agita nell'aria per qualche istante e poi precipita. Sono disteso, immobile, eppure ho la certezza di brancolare nel buio. Una raffica di vento fa sbattere le persiane, la tenda vola come un uccello impazzito. E poi c'è questo rumore dentro il cuscino: il fruscio di una gonna di seta, il respiro di un animale, il passo di un esercito nel fango.

Mi giro sulla schiena e scompare.

Su un taccuino ho scritto l'elenco delle cose buone che ho fatto nella vita. Niente di memorabile, ma pur sempre qualcosa. Se muori prematuramente, parleranno di te per come sei morto e non per come hai vissuto. Il cane cerca di entrare, raschia con la zampa la porta chiusa, i guaiti si confondono con i lamenti che mi arrivano dalla pancia: in tutto il giorno non ho toccato cibo.

Solo qualche mese fa, quando mi teneva ancora d'occhio, la mia inappetenza sarebbe stata una catastrofe. Ora non ci fa piú caso.

Il *rigor mortis* inizia dai muscoli della mascella e della nuca e si muove verso il basso. Ho scaricato da internet il tutorial di un'agenzia di pompe funebri: suggerisce di mettere un secondo cuscino sotto la testa del morto perché la rigidità possa diffondersi in modo uniforme. Se sarà mamma a scoprire il mio cadavere, voglio che il ritrovamento non le risulti troppo spiacevole.

All'improvviso squilla il telefono. Non ho nessuna voglia di rispondere, poi mi viene in mente che potrebbe esserle successo qualcosa di brutto. Ogni volta che non c'è, penso che potrebbe avere un incidente. Per non parlare del fatto che sono meteoropatico e che soffro di ansia anticipatoria. Finisce che rispondo.

– Stavo dormendo, – le dico.

Un'altra folata mi fa saltare il cuore in gola. Ho una pagina Excel sui miei sbalzi d'umore, la uso per le analisi statistiche. Pressione atmosferica, velocità del vento, precipitazioni, turbolenze, livello di umidità sono fenomeni strettamente correlati alla mia ansia. Diciamo che, da uno a dieci, il mio livello di paranoia è tre in una mattina di sole e dieci in una sera di tormenta.

– ...

– Mamma?

– Sí?

– Se hai qualcosa da dirmi, altrimenti ci vediamo domani mattina.

– Sono da zio Ivan, faccio un po' tardi. Se hai fame, in frigo trovi del cibo.

Le sue parole affiorano lente, come se arrivassero da lontano. Ho sempre l'impressione che le parole di mia madre debbano fare una strada lunghissima prima di trovare l'uscita.

– Ok. Non preoccuparti.

– Non mi preoccupo.

– Buonanotte mamma.

– ...

– Metto giú. Hai capito?

– Cosa significa buonanotte? Sono le otto.

Ieri il medico ha ripetuto che non sto per morire, ha allungato la mano verso una biro blu e mi ha prescritto una medicina per l'ansia, da aggiungere all'antidepressivo che ho iniziato a prendere per gli attacchi di panico. «Sto peggio di prima, – gli ho detto. – L'emicrania è sempre piú forte e ho tipo delle scosse elettriche che mi attraversano le braccia». Lui ha detto che è tutto nella norma, che devo avere pazienza, che il primo mese di cura è il piú duro.

Da quando ho iniziato a curarmi, ogni volta che vado a pisciare penso ai gamberi di fiume. Dicono che le scorie degli antidepressivi che arrivano dalle fogne li rendano voraci e antisociali. Trote, cavedani, anguille, corvi e trampolieri si cibano di gamberi: ogni volta che piscio, mando fuori di testa un intero ecosistema.

– Vuoi che torni? – chiede mia madre.

– Non c'è bisogno. Sto benissimo.

Vado in cucina a bere un bicchiere d'acqua e a cercare del cibo che zittisca la pancia. Apro e chiudo gli sportelli, come se da una volta all'altra dovesse comparire qualcosa che prima non c'era. Poi sono stanchissimo. Prendo dal frigo delle lasagne confezionate, con la punta di un coltello taglio la plastica, rovescio le lasagne in un piatto, non vale la pena riscaldarle, azionare il microonde, scegliere una funzione e un tempo: ogni singolo gesto richiederebbe al mio corpo un impegno che mi è insostenibile. Le mangio fredde, in piedi, davanti alla finestra, la pasta è gommosa e il ragú è sicuramente cancerogeno, fuori la strada è deserta, la tormenta ha coperto le auto di una polvere bianca, spessa, è giugno ma potrebbe essere novembre, il cane guaisce, lo guardo e scodinzola. La coda struscia sul pavimento, mi ricorda il rumore dei tergicristalli. Metto il piatto a terra e aspetto che Pablo lecchi per bene anche gli ultimi resti, mentre sento che il cibo mi sta restituendo un po' di forze. Lavo il piatto, la forchetta, il bicchiere, e li metto via, non voglio lasciare tracce del mio pasto. Con uno strofinaccio ripulisco le gocce d'acqua rimaste sull'acciaio della cucina. Quando torno in camera, lascio la porta della stanza aperta. Mi distendo di nuovo sul fianco, con le gambe piegate. Con le dita sfioro le ferite che ho sul viso, è passata una settimana dall'incidente e non accennano a guarire. Non guariranno mai se non smetto di grattarle con le unghie fino a farle sanguinare. Mi sforzo di tenere gli occhi chiusi ma non serve a niente, so già che resterò insonne fino a quando le chiavi di mia madre non faranno scattare la serratura. Per distrarmi guardo un vecchio film horror a volume cosí basso che sono costretto ad avvicinare l'orecchio al computer per sentire quello che dicono.

Piú tardi, fingo una voce assonnata: – Mi spiace, dormivo, non mi sono accorto –. Ma chi penso di fregare? Lei sa perfettamente che sto mentendo. Giurerei che sta facendo uno sforzo sovrumano per non urlarmi che sono un cazzo di stronzetto. Se non lo fa, se non mi punta un dito contro dicendomi che non ne può piú, è perché crede che io sia troppo fragile e che deve avere pazienza, le cose cambieranno. Arriverà il momento in cui potrà dirmi che non è la mia serva. «Cristosanto, – urlerà, – non sono la serva di nessuno».

Resta in ginocchio sulle piastrelle della cucina, di spalle, perché non vuole che la veda piangere. Strappa un foglio dopo l'altro da un rotolo di carta assorbente e li butta sul pavimento. In un istante sono impregnati dell'olio del tonno, dei resti di pasta e di tutte le porcherie che quella bestia ha tirato fuori dalla spazzatura.

– Vuoi una mano?

– Lasciami stare e vai a dormire.

La luce ha uno sfarfallio improvviso. Forse è una lampadina allentata, lampeggia si smorza lampeggia si smorza di nuovo. Mi sposto di qualche passo e accendo la radio, la sintonizzo sulle previsioni del tempo.

In questa casa c'è sempre una radio o un televisore o un computer acceso: una voce che rompe il silenzio e si intrufola nelle nostre conversazioni, la presenza invisibile di uno sconosciuto che ci risparmia il dovere di fare domande. Bisogna avere coraggio, per fare domande. Nella mia famiglia nessuno è un campione di coraggio. Però siamo abbastanza intelligenti. E lei è bellissima, o forse dovrei dire che a me sembra bellissima, anche se è ostinata e dice che no, no, non è piú quella di una volta, prende l'album e comincia a sfogliarlo sotto i nostri occhi: lei a sedici anni, a venti, con mio padre, prima del matrimonio. Sono abbracciati e guardano l'obbiettivo, il braccio nudo di mamma avvolge la spalla di lui, le facce bianche, levigate, facce come lanterne che emergono dallo sfondo nero, quasi avessero una lampadina accesa sotto la pelle e sotto i denti. Sembravate fosforescenti, ho detto una volta.

Dietro la foto c'è una data. Settembre 2005. Papà si era laureato da poco e lavorava già. Compilava schede tecniche e libretti di istruzioni per l'uso di frullatori e aspirapolvere in un'azienda che produceva elettrodomestici. Sapeva maneggiare il computer e conosceva i traduttori automatici dal coreano, una cosa che all'epoca sembrava piuttosto eccezionale. Mamma si sarebbe laureata l'anno successivo, due anni dopo sarei nato io. Sognava di scrivere per un grande giornale ma non l'ha mai fatto, non ha mai scritto nemmeno un libretto di istruzioni. Ricordo il suo diploma di laurea, aveva una sottile cornice nera e finiva di continuo in un posto diverso: in soggiorno, in camera da letto, appeso in cucina. Intuivo che quelle peregrinazioni avevano a che fare con il suo umore. La volta che è finito tra il frigorifero e il lavello è stata quando mio padre, per il compleanno, le ha regalato un nuovo ferro da stiro. Perfino a me sembrava evidente che non era una buona idea regalare un ferro da stiro.

Un anno fa il diploma è scomparso. Avrei voluto chiedere a mamma dove lo conservasse, e perché avesse percorso tutta quella strada prima di sparire. Alla fine non ho mai chiesto niente: ero convinto che la risposta non mi sarebbe piaciuta. Scommetto che neanche mio padre l'ha fatto. L'ho detto, nessuno in famiglia è un campione di coraggio.

– Hai sentito? – dico. – Ci terremo questa tempesta ancora per una settimana.

Le conversazioni sul tempo mi piacciono: rompono il ghiaccio e generano pareri unanimi, ma lei non vuole conversare, vuole solo che mi tolga di torno.

– Ho detto: vai a dormire.

Nello sforzo di parlare, le spalle di mia madre hanno avuto un sussulto. Allora spengo la radio. Le lacrime continuano a scenderle dal viso, cadono sulle piastrelle e si mescolano all'olio e ai fondi di caffè che il cane ha rovesciato rovistando tra i rifiuti.

Vorrei abbracciarla, farmi inondare dal prodigioso fiume di lacrime che sta uscendo da lei, e piangere anch'io. Vorrei sentire il suo calore, prenderle le mani e avvolgermele attorno alla testa perché queste fitte insopportabili che ho nel cranio si sciolgano, vorrei chiederle scusa per averla delusa e averla resa infelice. Invece ho spento la radio e ora me ne sto qui, in piedi, alle sue spalle, con le gambe un po' divaricate e l'aria di uno che si prepara a una rissa, mentre nel silenzio la mia rabbia non può piú distrarsi, è libera di crescere e contaminare ogni singola cellula del corpo. Se potessi tornare indietro: riavvolgere i pensieri fino a quattro settimane fa, cambiare il corso degli eventi. Tornare al 16 maggio, all'uscita da scuola, mentre pioveva a dirotto e noi, senza una vera ragione, ci attardavamo davanti al portone ormai chiuso. «Ehi, hanno aperto un hawaiano non lontano da qui, potremmo andare a provarlo», mi aveva detto Emma sfiorandomi il viso coi capelli. Avrei potuto concentrarmi su di lei, sulla leggerezza del suo braccio magro appoggiato alla mia schiena, sul profumo di vaniglia dei suoi vestiti. Mi sarei salvato.

E ora non sarei fatto di terrore e di rabbia, incapace di decidermi tra il bisogno di buttarmi ai piedi di mia madre o urlarle: Guarda cosa mi hai fatto fare, stupida puttana.

Nel dubbio mi avvicino, le strappo lo straccio dalle mani e le dico di smetterla di frignare.

– Vai tu a dormire. Ci penso io.

Allora lei mi guarda senza riconoscermi, si asciuga il viso con le mani sporche di olio e se ne va. Strofino le piastrelle con il detersivo per i piatti e intanto la cucina si scolora in una vertigine. Cerco nella tasca la boccetta delle benzodiazepine: il dottore ha detto che a volte basta tenerla in mano, sapere che c'è, perché il cervello produca oppioidi sufficienti a calmarsi. Il cane si avvicina, mi guarda fisso e scodinzola. Poveraccio, questa sera nessuno lo ha portato fuori.

Prima

1.

Mancavano dieci minuti all'appuntamento e mio padre ha detto: – Fantastico, almeno posso schiacciare un pisolino, – mentre io pensavo: Fantastico, almeno non mi farà vergognare di essere nato.

La sala d'attesa era identica alle altre cento in cui eravamo finiti prima di allora: sedie inchiodate al pavimento, pareti nude, luci che ti impiccheresti, l'anticamera di una voragine. Come sempre, se fossi uscito da lí con una buona diagnosi mi sarei considerato uno scampato a un incidente mortale.

La sala d'attesa di un ospedale non predispone alla calma, d'accordo, ma c'era un precedente che mi faceva stare sulle spine: una di quelle cento volte, mio padre, il mio povero disarmato e suscettibile padre, sfiancato dalla ricerca di una vera causa, un bias, una connessione meccanicistica tra qualcosa di rotto dentro di me e i miei malesseri, aveva dato di matto, aveva alzato lo sguardo dalle parole crociate e aveva cominciato a gridare. Gridava che erano sei ore che eravamo lí ad aspettare, anche se non erano sei ma una, e lui continuava a dire sei, sei cazzo di ore, e io, improvvisamente, avevo un macigno sul petto e gli occhi che mi bruciavano per la voglia di piangere. «E se siete degli imbecilli che non sanno organizzare un'agenda con gli appuntamenti, – aveva urlato, – cambiate mestiere».

Cosí, l'ultima volta, quattro mesi fa, nella sala d'attesa del dottor Ferrari, quando papà ha alzato lo sguardo dalle solite parole crociate e mi ha detto che avrebbe fatto un pisolino, mi sono rilassato. Ma poi ha allungato le gambe, ha appoggiato la testa alla parete e si è messo a fissare il soffitto.

Sorridendo ha detto: – Sai a cosa sto pensando?

Aveva preso appunti sul bordo delle pagine, riempito ogni spazio bianco di numeri e parole, con quelle lettere giganti che lui inclina a sinistra. Credevo di sapere a cosa stava pensando, l'avevo già sentita quella storia: stava pensando che, al primo sguardo, avrebbe potuto dire se quell'edificio avesse un telaio di acciaio o di cemento armato. Indovinare, con un minimo margine di errore, dove fossero collocati i pilastri portanti, le travi e il solaio. E che, se avesse potuto curiosare nella controsoffittatura, sarebbe stato in grado di capire come il pavimento del piano di sopra fosse fissato all'ossatura dei sostegni.

L'unico modo che mio padre conosce per dare consistenza al mondo è provare a riorganizzarlo.

– Pensavo che, se volessi, potrei individuare il punto esatto in cui piazzare una carica di dinamite.

Si è alzato, ha fatto il giro della stanza, ha cambiato seggiola, ha appoggiato la testa alla parete ed è tornato a fissare il soffitto.

– Una sola, capace di ridurre questo ospedale in briciole.

– Tu sei fuori, – gli ho detto.

Dovevo rassegnarmi ad avere un padre che stava andando fuori di testa. Non era una cosa facile da accettare. A nessuno piace l'idea di avere un padre suonato, ma non era la prima volta che se ne usciva con queste sparate. Stava cambiando, aveva pensieri distruttivi e continuava a ingrassare.

Tornava dai viaggi di lavoro e saliva sulla bilancia. Dal bagno imprecava perché aveva messo su un altro chilo. «Un chilo in tre giorni, diomadonna», urlava.

Poi ripartiva: sei ore di auto per arrivare a Monaco, sette ore per Francoforte. Le stringhe delle scarpe allentate e la caviglia gonfia a pigiare sull'acceleratore, la giacca ripiegata con cura sul sedile a fianco, nel baule il prototipo di un nuovo modello di freni elettromagnetici, ultima frontiera dei freni per auto, una rivoluzione in fatto di aderenza dei pneumatici al terreno e allo spazio di frenata, in tutte quelle ore da solo non accendeva nemmeno la radio, gli bastava la leggera vibrazione del motore, il rumore delle ruote sull'asfalto, l'aria contro la carrozzeria. «Mentre guido invento», diceva. «Ma cosa inventi?» «Qualcosa che renda il mondo un posto un po' migliore», diceva.

Da piccolo, studiavo sulla cartina l'itinerario e calcolavo il numero di chilometri che doveva percorrere. Se c'era una deviazione, mi chiamava dall'auto per dirmi che aveva imboccato una strada secondaria, allora io rifacevo i conti, lo richiamavo. «Come farei senza di te?» A un certo punto, senza un vero motivo, ho smesso di rispondere: mi ero stufato di quel teatrino. «È solo diventato grande», lo rassicurava mia madre. Lui ha smesso di chiamare.

E comunque, negli ultimi mesi tornava da ogni viaggio piú grasso e piú strano, con la pelle grigia e l'aria meno solida, nonostante tutti quei chili.

I litigi tra lui e mia madre si erano fatti sempre piú frequenti, cosa che, statisticamente, aumentava la frequenza dei miei mal di testa.

In genere capitava la sera. Mamma si sedeva a tavola che era già irritata e non le andava bene niente, come parlavamo, come mangiavamo, come lasciavamo le posate nel piatto. Se ne lamentava con la voce sommessa, oppressa da un'ingiustizia a cui non riusciva a rassegnarsi. Papà si riempiva il piatto e masticava con violenza, come se a quel cibo volesse infliggere la lezione che avrebbe meritato sua moglie. D'improvviso il tono delle loro voci si alzava: quello di lei diventava stridulo, quello di lui insopportabilmente nasale. Mamma scattava in piedi e si trovava qualcosa da fare. Papà scostava solo la sedia dal tavolo, raschiando rumorosamente il pavimento, le ginocchia incapaci di stare ferme, si accartocciava nei vestiti che all'improvviso gli cadevano storti e lo facevano sembrare ancora piú grasso. Si accendeva una sigaretta e la teneva in bocca senza aspirarla, dimenticando che non sopportava che mia madre fumasse dentro casa, e mentre lasciava che il fumo lo avvolgesse si ostinava a ritrovare l'origine di quel litigio, perché le discussioni erano cosí lunghe che, alla fine, nessuno ricordava da dove fossero partite. Cercava il filo logico che li aveva portati a quel punto, come se ci fosse stata una logica.

Dopo un po' lei diceva di essere esasperata. Parlava arricciando il naso.

«Sono stanca».

«Certo, Miss Mistancoperniente è proprio stanca».

«Giuro, Marco, non ne posso piú. Vorrei solo essere lasciata in pace».

«Lei non ne può piú e vuole essere lasciata in pace. Mi fai pena. No, davvero, mi fai pena».

Si rivolgeva a me e diceva: «Vero che fa pena?»

Ma io in quella storia non volevo entrarci, che se la vedessero loro.

Mamma gli puntava un dito contro e gli ordinava di smettere di ripetere tutto quello che diceva, e papà rispondeva: «E perché dovrei smettere, sentiamo».

Allora lei cambiava stanza e lui alzava gli occhi al cielo. Mi diceva: «Vado a farmi una doccia, per darmi una calmata. Tu corri a consolare tua madre, dille che la pianti di frignare». Io andavo di là, ma già sapevo che non stava frignando, stava digitando qualcosa sul telefono, che poi appoggiava con lo schermo in giú sul copriletto di lino. Mi accarezzava una guancia.

«Un giorno o l'altro me ne vado», diceva.

«Te ne vai dove?» chiedevo io.

Alzava le spalle.

«A Crosby, a Holt, a Segovia».

Se ne sarebbe andata a vivere a Londra e si sarebbe fatta chiamare Clarissa Dalloway. Oppure sarebbe andata a Venezia a fare la maestra di scuola, ma il lavoro di maestra sarebbe stato una copertura, perché di notte avrebbe avuto altro da fare, e mi attirava a sé per mordermi il collo. A mia madre sarebbe piaciuto essere il personaggio di uno di quei libri che leggeva.

Ridevamo con la mano davanti alla bocca cosí che mio padre non sentisse, anche se a me veniva un po' da piangere, perché non diceva mai: Un giorno o l'altro ce ne andiamo. Non è che volessi davvero andarmene, non avrei saputo cosa fare a Crosby o a Segovia, e poi non stavo cosí male dov'ero, volevo solo sentirle dire che facevo parte dei suoi piani.

Un giorno papà ha tirato un pugno al frigorifero. Ero nell'altra stanza ma il rumore è stato cosí forte che sembrava fosse esplosa una granata. Subito dopo è uscito sbattendo la porta.

Sono corso in cucina a vedere e ho trovato mamma al lavello che sciacquava le tazze della colazione. Lo sportello del frigo era ammaccato. Per un certo periodo, dopo quell'episodio, ho pensato che prima o poi mio padre ci avrebbe riservato qualche brutta sorpresa, come Leonardo DiCaprio in *Shutter Island* o Edward Norton in *Schegge di paura*.

– Ehi, Mister Nonridomai, non ho detto che voglio far saltare in aria l'edificio, d'accordo?

Rideva. Non so cosa ci trovasse di comico. Sembrava avesse intuito i miei pensieri.

– Era solo un passatempo, d'accordo?

Poco dopo sono venuti a chiamarci. Ho svuotato le tasche e sfilato l'orologio mentre mio padre firmava un modulo che diceva che nel mio corpo non c'erano frammenti di natura metallica. – Soffri di claustrofobia? – mi ha chiesto la donna. Aveva la voce rauca, sussurrava in modo sensuale: una specie di Billie Eilish ma senza quell'aria disorientata; aveva tette enormi, si chiamava Dori. Quando si è chinata per fissarmi la bobina ricetrasmittente alla testa, le sue tette premevano cosí tanto contro la stoffa della scollatura che ho pensato che la divisa non avrebbe retto: la cerniera sarebbe saltata e quelle tette mi avrebbero travolto. Invece, mentre lei se ne stava china ad armeggiare intorno alla mia testa, mi hanno solo sfiorato per un istante la faccia. Avevano una morbidezza incantevole e terrificante, che mi ha fatto stringere i pugni e sperare che se ne andasse in fretta o restasse per sempre.

– Hai già fatto altre risonanze?

– Un po' di anni fa mi sono rotto una gamba. Ma be', non è la stessa cosa.

Mi ha passato un piccolo strumento munito di pulsante da tenere in una mano, mi ha infilato un paio di gigantesche cuffie, ha sistemato le spalle, ha spinto un bottone e il lettino ha cominciato a muoversi lentamente.

– Se hai problemi, premi il pulsante e corro. Sono al di là del vetro. Fai un cenno e arrivo.

Sarei dovuto restare trenta minuti dentro il cilindro. Fermo e tranquillo, si intendeva. Cosí mi sono armato di santa pazienza e ho selezionato una rosa di argomenti piacevoli a cui pensare, per distrarmi dal frastuono infernale che le cuffie riuscivano a malapena ad attutire. Ma una serie di pensieri che non avevo scelto e a cui non ero preparato è venuta a cercarmi: e se dentro alla mia testa i medici avessero trovato qualcosa che non andava? Se fossi morto? Mio padre avrebbe preso carta e penna e avrebbe provato a ricostruire la concatenazione logica che aveva portato alla mia morte, e poi si sarebbe abbandonato a sogni di distruzione, giusto per dare sollievo alla malinconia. E mia madre? Forse se ne sarebbe andata, sí, lo avrebbe lasciato e se ne sarebbe andata. Avrebbe cercato un posto dove piangere a lungo, da sola, come fanno le donne dei suoi libri. A Crosby, a Holt, a Segovia.

– Sei stato grandioso, – ha detto la radiologa mentre il lettino scorreva di nuovo sul carrello e usciva dal cilindro.

Avevo freddo e sentivo un fastidioso formicolio alle gambe. La osservavo mentre mi sfilava le cuffie: cercavo di capire se il suo sguardo nascondesse una brutta notizia, se avesse già visto che nella mia testa c'era qualcosa che non doveva esserci.

– Quanti anni hai?

– Sedici.

Non le toglievo gli occhi di dosso, e non solo per la scollatura. Per quanto fosse brava a nascondere le emozioni, mi sarei accorto se avesse pensato che ero troppo giovane per morire.

Ha slacciato le cinture che mi avevano tenuto fermo e la sua scollatura mi si è avvicinata di nuovo alla guancia. Poi ha detto: – Vai a rivestirti. Il medico vi chiamerà entro pochi minuti.

Piú tardi, seduto di fronte alla scrivania del radiologo, allungavo il collo per riuscire a vedere lo schermo del suo computer. A quel punto, però, ero già in palla. Ero certo che la macchina della risonanza avesse rivelato un'anomalia, speravo solo fosse piccola e riparabile. Se il medico mi avesse fatto sbirciare, l'avrei vista, quella chiazza nera: cosí la immaginavo, un buco nero, al centro della fotografia del mio encefalo, in cui sarebbero precipitate le nostre vite. Mi sono chiesto se il dottor Ferrari abbia mai dovuto dire a un ragazzo della mia età che era spacciato perché c'era un merdosissimo tarlo che pasteggiava col suo cervello.

Ha alzato gli occhi dal computer e mi ha informato che ero sano come un pesce.

In mezzo alla fronte, il neuroradiologo Sante Ferrari aveva una ruga orizzontale, profonda, la ruga piú profonda che avessi mai visto. Sembrava che la sua testa fosse stata assemblata con pezzi intercambiabili di cui, probabilmente, possedeva una serie di varianti che poteva svitare e riavvitare a suo piacimento. Dori doveva esserci abituata.

Cosa facessero quei due sotto le lenzuola o sul lettino dello studio non avrebbe dovuto riguardarmi, anche se quello che era successo tra me e la scollatura di Dori mi aveva scombussolato parecchio. Ho pensato che, effettivamente, l'aspetto macabro della faccenda – farlo sul lettino di pazienti che avevano nel corpo cose rotte o cose che non dovevano esserci – potesse eccitarli. Pur non avendo nessuna prova, mi sentivo a disagio per la loro depravazione. Poi mi ha chiesto come andava la scuola.

– Bene, – ho risposto.

– Alla grande, – ha detto mio padre.

La ruga in mezzo alla fronte di Ferrari si è distesa in un largo sorriso. Al posto suo mi sarei fatto crescere una frangia.

– Lo immaginavo.

– È il migliore della classe ed è avanti di un anno, – ha precisato mio padre.

Papà parlava sospirando rumorosamente. Aveva perso interesse per quell'uomo, l'ennesimo luminare chiamato a risolvere il mistero dei miei malesseri, che ora, come lui aveva puntualmente previsto, mi stava giudicando sano. Lo osservavo con la coda dell'occhio, mentre guardava impaziente l'orologio sullo schermo del cellulare. Ancora una volta, l'esito degli esami dimostrava che il mio problema era privo di una causa razionale da riorganizzare e, soprattutto, che esulava da qualsiasi suo talento o capacità di comprensione.

Mi sentivo in colpa, come se i miei malesseri fossero una forma di negligenza, un torto che lui non meritava.

Un anno prima, mio padre aveva scoperto di avere il diabete. Aveva le caviglie sempre piú gonfie, era stanco, faticava a fare le scale e si grattava, scorticandosi la pelle, divorato da un prurito snervante. Troppo stress, diceva. E troppo tempo in auto. Poi era arrivata la diagnosi. «Tutto qui, – aveva detto. – Niente che non si possa gestire, solo una grandissima rottura di coglioni». Mia madre insisteva perché rallentasse: viaggiare meno, lavorare meno, fare movimento, controllare la dieta. Lui bofonchiava: «Forse non ve ne siete accorti, ma in questa casa sono io che devo guadagnare per tutti».

Per settimane, quando si addormentava sul divano, lo toccavo per essere certo che non fosse morto.

La malattia di mio padre era stata accolta come un evento sfortunato. Era qualcosa di estraneo a lui, un baco che si era intrufolato nel suo sistema operativo, riducendone la funzionalità. Papà si iniettava insulina e ingoiava statine, per il resto la sua vita era rimasta all'incirca quella di prima. I nostri rapporti no. Avevo l'impressione di piacergli di meno, come se la sua malattia – certificata da una diagnosi precisa a cui era seguita una precisa terapia – gli avesse procurato la certezza definitiva che ero un autolesionista e un imbranato. La questione era semplice: lui *aveva* una malattia mentre io *ero* la mia malattia. Continuava ad accompagnarmi dai medici perché mia madre lo pretendeva, ma aveva smesso di preoccuparsi. In compenso, aveva cominciato a ripetermi ossessivamente che dovevo reagire.

– Sano come un pesce e il migliore della classe, – ha ribadito il neurologo.

Papà annuiva, anche se si vedeva che ormai aveva solo voglia di andarsene.

– Ha 154 di quoziente intellettivo. Come Lisa Simpson e Sharon Stone. Vorrebbe diventare scienziato.

Parlava sospirando e guardandosi le mani.

Credo che ci sia un confine molto sottile tra il senso di colpa e l'odio, perché sono bastate quelle poche parole per riempirmi lo stomaco di serpenti attorcigliati. La storia del QI, che mio padre esibiva quando non aveva nient'altro da dire, dimenticando che lo avevo pregato, supplicato di non farlo, mi faceva vergognare come se avesse rivelato qualcosa di osceno. Signore e signori, l'ospite di oggi è Nicola Astori, prova vivente dell'omonima teoria secondo cui una dotazione di intelligenza nettamente al di sopra della media non serve a niente nel caso la si intenda utilizzare per correggere una vita sociale merdosissima o interrompere la tendenza a boicottarsi con merdose nevrosi del cazzo. Applausi.

Avevo l'impressione di sentire le surrenali gonfiarsi e

riempirmi il corpo di adrenalina e testosterone. Sentivo i canini spingere le gengive da dentro, premere per uscire, volevo saltargli addosso, farlo a brandelli, divorarlo di fronte allo sguardo attonito dell'uomo della Playmobil e della tettona.

Sono rimasto immobile.

– Sei un ragazzo speciale, sono certo che hai talenti speciali, e a volte essere speciali comporta una gran fatica, – ha detto il neurologo, guardandomi e spostando il peso del corpo verso lo schienale della sedia. – Non è insolito che persone plusdotate manifestino una tendenza alla somatizzazione. Cefalee, burnout, bassa autostima. De Chirico soffriva di emicranie come te, lo sapevi? Mozart invece aveva le allucinazioni. E Luigi XIV? Lasciamo stare.

– Luigi XIV cos'aveva?

– Ma niente, lasciamo stare.

– Sono curioso, cos'aveva?

– Fistole anali.

– Ahia.

Ferrari ha spostato di nuovo il peso del corpo in avanti, sporgendosi sulla scrivania e abbassando ancora di piú il tono della voce.

– Senti questa: l'illuminazione di San Paolo sulla via di Damasco? Una crisi epilettica.

Poi è tornato ad afflosciarsi sulla sedia.

– Però possiamo concentrarci sul lato positivo della faccenda.

– C'è un lato positivo?

– Questa energia in eccesso non deve starti tutta chiusa in testa. Quella povera testa. Diventerà tanto pesante che il collo non riuscirà piú a sostenerla. Ci vorrebbe uno sfiatatoio. L'energia produce frequenze. Falle uscire, lascia che incontrino altre frequenze.

Non ci stavo capendo niente. La sua ruga sorrideva in modo vagamente perverso.

– Cose irreali che nascono dentro la mente e hanno il potere di far accadere cose reali. Non è pazzesco?

– Sembrerebbe.

– Se dici di essere malato diventi malato, mi segui ora?

– Non saprei.

– Dimenticati l'emicrania. Esprimi desideri, concentrati sui desideri. Caricali di energia positiva, frequenze positive. Vuoi diventare scienziato, vuoi essere un pianista, un pittore, vuoi vincere un torneo di bowling, vuoi far accadere qualcosa di memorabile? Non ci sono limiti, mi segui?

Non lo seguivo. Volevo solo andarmene, tornare a casa, chiudermi in camera, guardare un film o farmi ammazzare in santa pace in una partita di *Call of Duty*.

Prima di lasciarci andare, mi ha consigliato di correggere la postura, verificare la necessità di indossare plantari, fare una visita agli occhi e un test delle intolleranze, sbloccare il diaframma con una buona respirazione, ridurre latticini e cibi infiammanti. Poi ci ha dato l'indirizzo di un ottimo psicoterapeuta. Lo ha scritto su un foglio di carta intestata e ci ha invitati a chiamarlo a suo nome.

Dori ci ha riaccompagnati alla porta. Ho ripensato alla sua intimità con Ferrari. Inspiegabile. Ci ha salutati con un grande sorriso. Anche la scollatura sembrava sorridere.

Mentre uscivamo dall'ospedale, ho visto mamma che stava posteggiando. Scendeva dall'auto con un taglio di capelli nuovo, anche l'abito era nuovo, e a me sembrava che entrambi – abito e capelli – non c'entrassero con lei. Se mio padre se ne è accorto ha fatto finta di niente.

Mamma ha attraversato la strada e mi ha abbracciato. Prima di chiedere com'era andata ha cominciato a scusarsi per aver saltato l'appuntamento. L'avevamo cercata al telefono ma non aveva sentito le chiamate.

Mi aspettavo che papà si mettesse a soffiare dal naso, come fa quando è nervoso, pronunciando una delle sue sentenze, ricordandole che avevamo dovuto chiamare un taxi perché possedevamo una sola auto, un'auto aziendale, che non doveva essere usata per farci giri a vuoto. Invece non ha detto una parola a proposito del taxi e non ha fatto commenti sull'inutilità di quella visita. Mi ha sfregato le nocche delle dita sui capelli e ha detto che andava bene cosí, che nella mia testa avevano trovato il pozzo di San Patrizio, e che potevamo farci un sacco di soldi organizzando visite guidate. Mamma mi ha dato un bacio.

– Bravo il mio ragazzo, non sai quanto sono sollevata.

– Andiamo al bar a festeggiare?

Ma lei aveva lo stomaco chiuso e non sarebbe riuscita a mandare giú niente, ha detto.

– Vuoi che guidi io?

Senza rispondergli, si è seduta al volante. La necessità di guardare la strada l'avrebbe tolta dall'imbarazzo di guardarci e ci saremmo distratti parlando d'altro, ho pensato. Naturalmente non è andata cosí: si sentiva una persona orribile per aver perso il senso del tempo e non aver risposto a quelle chiamate.

– Dài, chiudiamola qui, può capitare, – l'ha interrotta papà.

Gli occhi di mamma si sono fatti piccoli.

– Sono molto triste, – ha detto. E si è messa a parlare di supermercati, uffici postali, del cane che nessuno, tranne lei, portava fuori, della casa troppo grande. – A cosa ci serve una casa cosí?

Aveva ciocche di capelli piú chiare e la frangia piú corta.

– Tesoro, per favore.

– Passo il tempo a comprare, pulire, cucinare e poi di nuovo a pulire, sono sempre stanca. Sono stanca e dimentico le cose importanti.

Come al solito, a quel punto, ci saremmo dovuti occupare della sua tristezza. Era il suo modo di punirci, in un certo senso.

Percorrevamo veloci un viale alberato. – Stai superando il limite, – ha detto mio padre. Le foglie cadevano sul parabrezza, strisciavano sulla carrozzeria e finivano altrove. Le ho toccato una spalla. Le sue spalle sono cosí magre.

– Dài ma', chi se ne frega?

Papà le ha preso una mano e l'ha portata alle labbra.

– Ehi. Siamo qui. Stiamo bene.

E mentre lei scioglieva l'intreccio delle dita e riprendeva il volante, lui seguiva il percorso di quella mano che sfuggiva alla sua. Lo sguardo ha deviato verso la spia rossa accesa sul cruscotto.

– Dobbiamo fare benzina.

Dallo specchietto retrovisore vedevo le guance di mamma infiammarsi. Tratteneva il respiro. Si è presa un ciuffo di capelli e lo ha rigirato con rabbia dietro un orecchio, il piede ha premuto sull'acceleratore.

– Hai sentito, amore? Stiamo andando troppo veloci e siamo a secco, dobbiamo fermarci a fare benzina.

Nello specchietto ho visto i suoi occhi farsi ancora piú piccoli e lo sguardo indurirsi. L'odore pungente della lacca per capelli aveva riempito l'abitacolo.

– Non riesci proprio a farne a meno, eh?

– Fare a meno di cosa?

– Di avere tutto sotto controllo.

– Per la benzina? Stai parlando della benzina?

– Sí, sto dicendo che sei sempre cosí... pragmatico. Non riesci proprio mai a lasciarti andare, a metterti nei panni degli altri, a provare empatia. È troppo chiedere un po' di empatia?

Un paio di chilometri dopo siamo rimasti a secco e la macchina si è fermata.

Non eravamo sempre stati cosí. Eravamo stati felici, a volte di piú, a volte di meno. Avevo un sacco di bei ricordi. Alcuni anche orrendi. Ma mio padre e mia madre si erano amati, ne sono abbastanza sicuro. C'è un ritratto in bianco e nero di noi tre, nell'ingresso. Niente di pretenzioso, anche se abbiamo l'aria composta e una posa rinascimentale. Era stata mamma a volerlo. Se commissioni un ritratto, a meno che tu non sia il proprietario svitato di un vecchio hotel nella Repubblica di Zubrowka, è perché vuoi ricordare un momento bello della vita, no?

Alla fine, durante i suoi viaggi mio padre ha inventato sul serio qualcosa. Una sera, era quasi ora di cena, è entrato in casa con le guance rosse e ci ha parlato di questa idea *pazzesca* che aveva in testa: un sistema, un software per essere precisi, che avrebbe stabilito il peso effettivo delle auto. «Che forza», ho detto io. «Uhhh», ha detto mamma. Poi ha preso la porta ed è uscita a portare la spazzatura. Lui ha nascosto la delusione e mi ha spiegato che quel programma poteva smascherare le case di produzione che mentono sul peso effettivo dei veicoli. «Accidenti», ho ribadito. Allora lui è stato costretto a prendere una matita e a disegnare su un tovagliolo di carta la sagoma di una macchina, per mostrarmi come il peso di tutti gli equipaggiamenti debba essere distribuito in modo coerente tra le ruote posteriori e quelle anteriori per garantirne l'assetto. La cosa incredibile, diceva, è che una coppia di vetri elettrici e quattro gomme potenziate potevano aumentare il peso a vuoto di un'auto di un quintale. «E le case di produzione mica te lo dicono». Disegnava con la mascella serrata e con la coda dell'occhio cercava in me qualche traccia di eccitazione che non trovava.

«Se una macchina è troppo pesante sbanda in curva», ha sospirato.

Mamma è rientrata in tempo per sentire che papà si sarebbe licenziato e si sarebbe dedicato anima e corpo alla sua nuova creatura.

«E i soldi per vivere?» ha chiesto.

«I soldi arriveranno. Soldi a palate», ha risposto mio padre.

2.

– Hai qualche spicciolo?

Ho alzato lo sguardo dal piatto e ho visto la macchia rossa che aveva sul collo e la vena che pulsava sotto la pelle lucida e sottile.

– È nuovo? – ho chiesto, indicando il tatuaggio.

Ha fatto una smorfia e si è toccata la gola.

– Fa un male cane, ho paura che si sia infettato.

– Bello. Cos'è? Un'anguilla?

– Che cazzo dici? Chi si farebbe tatuare un'anguilla sul collo? È una carpa koi.

– Non sembra una carpa. Sembra un'anguilla. O una murena. O un grongo.

– Hai qualche spicciolo, *grongo*?

Ho frugato nelle tasche e ho rovesciato sul tavolo una moneta da cinquanta centesimi e due da venti.

– Poca roba, mi spiace.

– Me li faccio bastare.

Speravo che non facesse caso al sudore sulle monete. Ho disteso le gambe sotto il tavolo e rimesso le mani in tasca. Avevo i palmi cosí bagnati che sentivo l'umidità attraverso la stoffa dei pantaloni. Era la prima volta che mi rivolgeva la parola. Emma ha un anno piú di me, ma io e la mia magrezza la sovrastiamo di una buona spanna. Anche lei è magra e sembra navigare nei vestiti larghi che indossa.

Si è leccata la punta delle dita sporche di una merendina al cioccolato e ha allungato la mano per raccogliere le monete dal tavolo.

Fino a quel momento ero certo che non si fosse mai accorta che frequentavamo la stessa classe.

Poi ha detto: – Vado a prendere un caffè alle macchinette, – e ha detto anche: – Aspettami.

Aspettami? All'improvviso ero seduto sul bordo di un precipizio, le gambe penzoloni su migliaia di metri di vuoto.

Sono rimasto a guardarla mentre si allontanava. Trascinava i piedi sul pavimento di linoleum, piedi grandi dentro un paio di vecchie sneakers che avrebbe dovuto buttare, gambe lunghe, caviglie magre, uno spesso maglione di lana legato in vita e la t-shirt bianca da cui spuntavano due braccia esili, con una costellazione di nei che avrei potuto disegnare andando a memoria. Camminava sfiorando i tavoli della mensa, le punte schiarite e secche dei capelli arrivavano alle scapole che a ogni passo si muovevano sotto la t-shirt. Le altre compagne curano i loro capelli, e li tengono stirati, e si disegnano gli occhi con l'eye-liner, e si strizzano nei jeans o in gonne corte che si attorcigliano attorno alle gambe, e hanno tette piccole o grandi che avvolgono in maglie aderenti e corte, e arrossiscono al primo commento dei maschi oppure reagiscono tirando un pugno e dicendo: Sei uno stronzo. Emma è diversa.

Poco dopo è tornata con una tazzina di plastica che le scottava le mani, ha scostato rumorosamente una sedia e mi si è seduta di fronte. Poi si è messa a cercare qualcosa nello zaino, sbuffando perché non lo trovava, infine lo ha trovato e io ho sgranato gli occhi come se dallo zaino avesse estratto una bomba a mano.

Ha svitato la bottiglietta di whisky, il genere di bottigliette che si trovano nei frigobar degli alberghi, e ha versato il contenuto nel caffè. Avrei voluto chiederle se era completamente pazza, invece me ne sono rimasto zitto per non sembrare uno di quelli impallinati con le regole, come mio padre. Le mani mi continuavano a sudare dentro le tasche dei pantaloni.

Mio padre non mi permetterebbe mai di bere alcol in una scuola. «Non ti ho educato in questo modo», direbbe. Per lui le regole sono una precauzione contro il disordine e l'imprevisto. È un uomo meticoloso e giusto.

Per questo non ha nemici.

Per la stessa ragione, immagino, non ha amici.

– Ne vuoi un goccio? – ha chiesto Emma.

Ho fatto segno di no. Lei ha alzato le spalle e si è portata il bicchierino alle labbra.

– Ho bisogno di un aiuto per affrontare il professore nuovo. All'ultima lezione c'era da spararsi.

All'ultima lezione il professore, che si chiamava Costa e non era piú nuovo da un pezzo, ci aveva invitati a uscire dalla classe e a percorrere i corridoi e le aule che abitualmente attraversavamo con gli sguardi inabissati in un video di TikTok o roba del genere. Se qualche sistema di *brain imaging* avesse potuto documentare lo stato vegetativo dei nostri cervelli di fronte alle cornici marcapiano, sarebbe stato lui a spararsi un colpo. Emma si mordeva le labbra nello sforzo di ricordarsi il nome.

– È qui da un mese, dovresti averlo imparato.

– È già passato un mese?

– È arrivato il 12 gennaio.

– Come diavolo fai a ricordarti che era il 12 gennaio?

Ho alzato anch'io le spalle.

– Sei un tipo strano.

Mi ha avvicinato la tazzina al naso.
– E dài, prendi, – ha insistito, – ti farà bene.
Ho ingoiato un piccolo sorso mentre la campanella iniziava a suonare, sono andato al carrello portavassoi e ho posato quello che era rimasto del pranzo. Emma mi ha seguito scolandosi l'ultimo goccio rimasto sul fondo della tazzina, poi ha infilato una mano nell'incavo del mio braccio e mi ha trascinato verso l'uscita, incasinandomi all'istante il sistema nervoso periferico. Sapeva di alcol e caffè, e io non sentivo piú le gambe. Percorrevamo il corridoio in silenzio, mentre cercavo disperatamente qualcosa da dire. Avrei potuto raccontarle dei miei mal di testa, di Dori e del dottore della Playmobil che avevo incontrato il giorno prima, parlarle dell'energia positiva di cui avrei dovuto caricare i miei desideri. Sono rimasto zitto.
Ho una buona memoria per le date, ecco perché mi ricordo con precisione il giorno in cui Lorenzo Costa è entrato per la prima volta nella nostra aula. A dire il vero ho una buona memoria per un sacco di cose, e non sempre è un vantaggio. Quella mattina avevamo fatto la foto di classe e io nelle foto vengo mosso: mi imbarazzo e all'ultimo momento sposto la testa o mi gratto il naso e il risultato finale è che sono l'unico avvolto nella nebbia. Poi c'era stata la lezione del nuovo professore di storia dell'arte, un tipo atletico e allegro che guidava un van arancione, un Bulli degli anni Settanta, manco fossimo in California. I compagni di quarta ci avevano messo in guardia: «Rimpiangerete il vecchio Riva», avevano detto. Sul momento non ho ben capito perché avremmo dovuto rimpiangere un insegnante depresso che sapeva di muffa, ma una cosa era certa: tutto quell'entusiasmo e tutti quei muscoli erano fuori luogo in un merdoso liceo come il nostro. Al posto di Costa mi sarei sentito a disagio.

Sempre il 12 gennaio, nel pomeriggio, un medico sportivo mi aveva chiesto di soffiare in un tubo, teneva le mani sui fianchi e continuava a ripetermi che dovevo riprovare. Io obbedivo, ma era come se avessi qualcuno seduto sul torace e un guinzaglio legato stretto attorno alla gola. E poi aveva nevicato. Una neve gelata e polverosa, che vorticava sotto i piedi e sotto le ruote delle auto. E la giornata che era iniziata male era finita peggio, perché c'era questa ragazza che avrei dovuto incontrare ma poi lei aveva chiamato dicendo: Nevica, facciamo un'altra volta, e io sto ancora aspettando.

Il 12 gennaio me lo ricordo bene perché è quando tutto è cominciato.

Dopo la mensa e l'episodio del caffè, ce ne siamo tornati in classe. Emma se ne stava ancora appesa al mio braccio e la fiammella che mi si era accesa in gola per quel piccolo sorso che avevo trangugiato, che mi ero sentito in dovere di trangugiare, non accennava a spegnersi. Avrei dato qualunque cosa per un po' d'acqua, ma la macchinetta delle bibite era fuori uso e dal rubinetto del bagno usciva un liquido color seppia che sapeva di ferro.

Piú tardi, Costa ha interrogato e io mi sono occupato dei fatti miei. Avevo scritto su un foglio quello che desideravo e cercavo di indirizzare la mia energia e di visualizzarlo come se fosse già successo. Alla fine delle lezioni sono uscito da scuola guardandomi la punta delle scarpe per contenere la delusione: all'improvviso ero certo che il dottor Ferrari quella storia sulle persone speciali l'avesse raccontata solo per darmi una scrollata e persuadermi a reagire. Mi sentivo un cretino.

Invece, quando ho alzato lo sguardo, lei era lí ad aspettarmi.

– Senti Nico, quella relazione di storia... quanto vuoi per farla al posto mio?

– Te la faccio e basta. Non voglio niente.

Non era esattamente quello che avevo visualizzato, ma mi poteva bastare.

– Mi accompagni a casa?

Un giorno ho detto a Emma che la trovavo bella e lei mi ha dato uno spintone. Lei non si trova bella, ma le va bene cosí. Non è come me, che vorrei trapiantarmi la faccia e i capelli di qualcun altro, sfilarmi questo corpo e infilarmene uno nuovo, con le spalle piú larghe e gli addominali scolpiti, sgattaiolare via dalla mia famiglia, dalla scuola, dal pianeta Terra.

– Perché arrivi sempre cosí tardi? – ha chiesto mio padre.

– Mi fermo a parlare con gli amici, – ho risposto.

Lui ha fatto un sorriso ambiguo e mi ha dato una pacca sulla spalla.

Nelle settimane successive l'ho accompagnata a casa ogni giorno. A volte abbiamo chiacchierato, altre abbiamo camminato in silenzio, guardando qualche video sul cellulare. Il mio cellulare, perché lei possiede un vecchio Nokia che meriterebbe di stare nella vetrina di un museo. Abbiamo passeggiato piano fino all'angolo prestabilito, rallentando ancora gli ultimi passi per farli durare piú a lungo. Se avessimo svoltato oltre quell'angolo saremmo stati nel raggio d'azione del bar Flora, dove di solito, a quell'ora, la barista se ne stava con una spalla appoggiata alla porta del locale, stringendosi le braccia al petto per non sentire il freddo. Aspirava il fumo di una sigaretta e, prima di buttarlo fuori, inclinava leggermente la testa all'indietro. Arrivati all'angolo, ogni volta allungavo il collo per poterla guardare senza essere visto. Aveva tacchi alti e spesso con il dorso di un piede si massaggiava il polpaccio dell'altra gamba. Se la godeva proprio, quella sigaretta. Mi sembrava che si godesse tutto quello che aveva. I clienti le dicevano: «Stammi bene Flora» e «Chi mi ammazza», replicava lei. Un giorno l'ho detto a Emma, perché Flora è sua madre, le ho detto che sembrava una donna che dalla vita aveva avuto quello che voleva. Lei è scoppiata a ridere: – Non capisci proprio un cazzo.

3.

Una cosa che mia madre non riusciva a tollerare era la furia con cui papà si rimpinzava di cibo. Lui ripeteva che era per via dello stress, che erano gli ormoni dello stress.

Fatto sta che a tavola mio padre era un essere leggendario. Era Red Death, Speedy Gonzales, il dio Loki, era il lupo Fenrir che divorava Odino, era tutti i Ragnarok messi insieme. Si sedeva e iniziava la sua opera annientatrice. Noi eravamo all'antipasto e lui aveva spazzato via il secondo. Poi si accasciava contro lo schienale, accarezzandosi lo stomaco per incoraggiarlo. «Questa sera ho esagerato», diceva.

«Gesú, Marco, mi metti un'ansia che mi sento male», gli rispondeva mamma quando era in buona.

Quando non era in buona, gli urlava che si stava suicidando con tutto quel cibo e soprattutto che non era quello il modo e che era un ingrato.

«E perché sarei un ingrato?»

«Ho cucinato tutto il pomeriggio, potresti almeno fingere di apprezzare».

Allora lui rispondeva che *quello* era il suo modo di apprezzare.

«Ingozzarti come un selvaggio? È una strana forma di gratitudine, lasciatelo dire».

«Non mi ingozzo come un selvaggio, mi ingozzo come un entusiasta. E comunque lo sai che è lo stress».

A quel punto lei diceva: Lasciamo stare.

«Non ne vale la pena, davvero, lasciamo stare».

In genere, era in quel preciso istante che scattava la trappola.

«Chiediamo alla voce dell'innocenza, – diceva uno dei due, – chi ha ragione?»

«Ecco, bravo, chiediamoglielo».

Mi guardavano fisso negli occhi. «E allora, Nico, chi ha ragione?»

Volevano che mi schierassi, ero il loro trofeo.

C'era qualcosa di struggente e di odioso in quell'ansia di coinvolgermi. Non si trattava di dire se papà aveva mostrato entusiasmo o disattenzione mangiando come una furia assassina, si trattava di scegliere chi tra loro giudicavo migliore, stabilire di chi era la colpa di quello sfascio, con chi sarei andato in caso di divorzio.

Mamma in genere si alzava e mi appoggiava una mano sulla testa o sulla spalla, convinta che una volta stabilito un contatto fisico non avrei potuto tradirla. Mi alzavo anch'io, ma per uscire dalla stanza. Richiudevo la porta della mia camera con un colpo secco.

Ma questo succedeva prima di maggio. Prima che smettessimo definitivamente di essere persone vagamente normali e una versione ancora piú mostruosa di noi ci gettasse in un incubo, e perfino quello che eravamo diventati negli ultimi mesi – irritabili, o grassi, collerici, insicuri, cagionevoli –, perfino la consapevolezza di essere tre persone che avrebbero dovuto amarsi ma che sembravano ormai incapaci di farlo, perfino tutto questo mi sembrasse normale e desiderabile.

Quella sera di maggio c'era qualcosa nell'aria, il caldo improvviso dopo i temporali, un presentimento, eravamo tutti e tre a tavola e nessuno sembrava interessato al cibo, papà sfiorava la carne con la forchetta e la spostava da una parte all'altra del piatto. È stato a quel punto che a una tivú privata hanno dato la notizia del cadavere ripescato nel fiume. Due vecchi si stavano prendendo il fresco sulla riva quando hanno visto un corpo galleggiare, trascinato dalla corrente. Uno dei due era entrato in acqua, lo aveva preso per la camicia e lo aveva tirato fino alla spiaggia.

È tutto quello che ho sentito con chiarezza, perché poi le parole hanno cominciato a confondersi e a sfarinarsi prima di arrivarmi alle orecchie.

Avevano ritrovato il corpo di un uomo, tra i quaranta e i cinquant'anni, oltre quarantotto ore nell'acqua del fiume. Il cadavere aveva una sola scarpa da ginnastica e indossava una camicia blu sportiva. Una vampata improvvisa mi si stava accendendo dentro le vene, l'udito funzionava a intermittenza, sentivo il collo, il viso e le orecchie prendere fuoco. E poi indagini, cause della morte, mi mancava il respiro, volevo alzarmi e squagliarmela ma ero cosí stanco.

– Non mangi? – ha chiesto mio padre sfiorandomi il braccio.

L'ho guardato senza rispondere.

Ho sentito un lieve tremore arrivare dalla sua mano fredda. Aveva la testa leggermente inclinata e il viso terreo, ho pensato che percepisse la mia paura e ne venisse contagiato. Ho sfilato in fretta il braccio dalla sua presa.

Nelle tasche del morto avevano ritrovato un bel po' di oggetti personali: uno zippo, un pacchetto di sigarette, un coltello a serramanico, un blister di analgesici, le chiavi di casa, un portafogli vuoto, una bomboletta per l'asma. Niente documenti, nulla che potesse identificarlo.

– Comunque una bella zavorra, – ha commentato mio padre. – Voleva proprio andare a fondo.

Sembrava che l'uomo fosse finito in acqua da una stradina di terra battuta che da un lato costeggia il bosco e dall'altro il fiume, a ridosso del muro della diga.

Papà si è versato qualcosa da bere e rivolgendosi a mia madre ha detto: – Hai capito dove lo hanno ripescato?

La voce esitava a uscirgli dalla gola. Senza aspettare una risposta, si è acceso un sigaro e si è spostato sul balcone. Mamma aveva capito. Anche lei era pallida. Il cadavere era stato ripescato in un posto che conoscevamo bene.

A un centinaio di metri in linea d'aria c'è una strada sopraelevata protetta da una ringhiera, poco dopo un vecchio ponte attraversa un canale di derivazione. Dal sentiero si possono vedere i fari tremolanti delle auto sfrecciare via. Dalle auto, anche decidendo di sporgersi, si vede solo la macchia nera e indistinta del bosco. Alla televisione dicevano che era impossibile che l'uomo si trovasse lí da solo, in piena notte. A meno che non conoscesse il suo assassino, a meno che non volesse togliersi la vita.

Mamma si è messa a sparecchiare. Pensavo che sarebbe sbottata perché, alla fine, nessuno aveva toccato la cena, invece ha preso i piatti ancora pieni di cibo e ha buttato via tutto senza dire niente, mentre il cane la seguiva, con le orecchie dritte e lo sgomento negli occhi per tutto quel bendidio che prendeva la strada della spazzatura e non quella della sua ciotola. Muoveva la coda e saltellava nell'attesa. Nei giorni a venire, l'energia fiduciosa di Pablo sarebbe stata l'unica cosa che ci avrebbe tenuti ancorati alla vita di prima.

Lo conoscevamo bene quel posto perché ci andavamo qualche volta, in estate, la domenica pomeriggio, quando il nostro appartamento in centro era troppo caldo e papà non voleva rischiare code in autostrada, visto che aveva il culo piatto a forza di guidare. Il solo pensiero che qualcuno fosse andato a morire in un luogo cosí familiare faceva spavento.

In genere, ci andavamo nel mese di luglio. Da casa nostra alla spiaggia dei vecchi ci saranno venti minuti di auto, parcheggiavamo all'altezza delle ultime case e percorrevamo a piedi un tratto nel bosco, sul sentiero che costeggia prima un maneggio, una vecchia fattoria e poi aceri e distese di tarassaco. Erano poche centinaia di metri, ma camminare sotto quella cappa umida che brulicava di mosche e zanzare mi esasperava. Per arrivare dove, poi?

Mamma disponeva a terra l'asciugamano e se ne stava distesa, appoggiata sui gomiti, a guardare il fiume e la diga poco piú in là, e a smuovere la sabbia con un piede. Papà si toglieva i vestiti, li piegava e li depositava con cura vicino all'asciugamano di mamma, infilava l'orologio e gli occhiali in una scarpa, si sistemava l'elastico del costume e restava a osservarsi il corpo pallido, le gambe glabre, l'addome gonfio e sporgente, come se li vedesse per la prima volta. Poi entrava in acqua. «Vieni anche te», urlava. «Manco se mi paghi», rispondevo. Prima le caviglie, poi i polsi, poi la mano bagnata a massaggiare la pancia e il petto. «È il trucco per non sentire freddo», urlava. Si accovacciava, le gambe divaricate e le braccia larghe per non perdere l'equilibrio, distruggendo in pochi gesti il mito genitoriale, e se ne stava a mollo in quel fiume torbido, camminava a gambe piegate nell'acqua bassa, salutava con la mano, mentre io cercavo di guardarlo con gli occhi di mia madre e provavo imbarazzo per lui.

Un giorno mio padre è tornato a casa con l'annuncio di una fattoria in vendita. Un rustico non distante dalla spiaggia, circondato dai boschi rigogliosi della prima collina, diceva la pubblicità. Una cucina, due camere, bagno esterno, garage, *ideale per una seconda casa estiva.*

«Che non ti venga in mente», aveva detto mamma.

«Costa meno di un'auto, – aveva insistito papà. – Ci penso io a rimetterlo in sesto».

Era un posto assurdo, soffitti bassi e muri ammuffiti, un'ex fattoria di gnomi, considerato che il pollaio era piú grande della casa. Il terreno circostante era un groviglio di alberi e arbusti. Ci sarebbe voluto un bel fegato per passarci la notte. Però c'era un sentiero che arrivava fin quasi alla spiaggia. E c'era un grande tiglio profumato, davanti all'ingresso, sotto il quale papà voleva sistemare un tavolo per le grigliate. Credo che alla fine papà l'abbia comprata per via di quel tiglio. Ha fatto aggiustare il tetto, ha costruito un bagno e un barbecue di mattoni, ha ridipinto i muri e l'ha riempita di mobili Ikea. Poi ha detto: «Bene, ora possediamo una casa in campagna». Sei mesi dopo ha richiamato l'agenzia e l'ha messa in vendita perché a nessuno di noi fregava un accidenti.

Sono passati due anni, e non si è ancora trovato un acquirente.

Alla tivú stavano dicendo che nelle quarantotto ore precedenti al ritrovamento, il cadavere era rimasto addossato al muro della diga, a poche decine di metri da riva, nascosto da un pilastro. Senza contare che erano stati due giorni di forte pioggia: nessuno va a passeggiare nel bosco sotto il diluvio.

Quando l'azienda elettrica aveva sollevato lo sbarramento perché il livello del fiume si era alzato parecchio, un'onda aveva trascinato il corpo al di là della barriera delle pietre, nel tratto di fiume piú a valle che costeggia la spiaggia. E a quel punto era finito nel campo visivo dei due vecchi, che si godevano l'aria ancora frizzante di pioggia.

In mezzo al fiume, davanti al lido, c'è una zattera fissata al fondo con due ancore. Da piccolo ci salivo e rimanevo immobile ad aspettare. Ero capace di restare a cuocere sotto il sole per ore, pur di vederli passare: cavedani, barbi, alborelle e perfino qualche trota, se avevo fortuna.

Le alborelle si muovono in piccoli banchi. Passavano sotto la zattera, mettevo una mano a mollo e loro viravano di scatto, disperdendosi. Riuscivo a vedere gli occhi delle trote, biglie dorate, minuscole, che brillavano nella trasparenza dell'acqua. Mamma mi puntava un dito contro, da lontano, che voleva dire: guai se ti tuffi da lí. In quel tratto il fondo è basso e c'è il rischio di farsi male. A quanto pareva, due giorni di pioggia non avevano cambiato di tanto la situazione.

Seicentocinquanta chilometri di fiume a disposizione e quell'uomo era annegato in un tratto in cui l'acqua poteva arrivargli alla cintola. Sembrava uno scherzo.

Papà è rientrato in casa e ha lasciato la finestra aperta. I suoi vestiti sapevano di fumo. L'ultima cosa che ho sentito è che era stata disposta l'autopsia per capire se l'uomo fosse annegato o se qualcuno l'avesse buttato in acqua dopo averlo ammazzato. Il medico legale avrebbe avuto il suo bel daffare, visto che la vittima era rimasta due giorni in acqua a sbattere contro i pilastri della diga e a spazzolare con la faccia le pietre.

Papà ha spento la televisione.

È stato a quel punto che un fragore colossale mi ha investito, rumore di lamiere accartocciate, stridore di metallo, come se fosse in corso un tamponamento a catena. Ma non c'era nessun tamponamento, non c'era niente, eravamo noi tre dentro le mura sicure di casa, Pablo dormiva sul pavimento, nessuno fiatava, per ora sapevamo solo che la morte si era presa qualcuno in un luogo che conoscevamo, tra poco mamma avrebbe detto: – Io, in quel posto, non ci metto piú piede, – senza avere il minimo sospetto di quanto fosse familiare quella carne ancora senza nome straziata dall'acqua del fiume, mentre mio padre, ora, si rigirava in bocca il sigaro spento, pizzicandolo coi denti e con le dita della mano. Avrei sentito il fruscio leggero del tabacco se non fosse stato per quel fracasso di lamiere che avevo nelle orecchie: lo schianto che l'improvviso silenzio aveva prodotto nella mia testa.

Intuivo che quel silenzio era pericoloso, stava per tendermi una trappola, mi avrebbe inghiottito e portato chissà dove, in territori oscuri. Dovevo fuggire prima che divorasse tutto: l'aria che respiravo, la cucina, Pablo, mio padre, mia madre, l'intera casa.

Cosí l'ho spezzato e ho detto: – Nessuno si suicida in quel modo.

– Cosa? – ha chiesto mio padre.

– Nessuno si suicida in un metro d'acqua, – ho ripetuto.

Complimenti, bella frase di merda da dire, se sei stato tu a uccidere.

4.

La mattina dopo, nello specchio del bagno ho visto la faccia di un cretino. Come avevo potuto credere che il cadavere ripescato nel fiume avesse a che fare con me? Che una camicia blu sportiva e uno zippo bastassero a collegarmi a quella morte? Avevo occhiaie cosí profonde che gli occhi sembravano rotolati in fondo a un cratere. Ero ingobbito e i capelli si erano divisi e incollati in ciocche stoppose.

Mi sembrava di non aver dormito, ma ricordavo di aver sognato. Stavo guidando l'auto di mio padre, le mani erano scivolate dal volante e il piede si era incastrato tra la frizione e il freno, e io nel sogno avevo troppo sonno per fare qualsiasi cosa: l'auto stava volando giú dal viadotto, guardavo fuori dal finestrino e pensavo che non avevo mai avuto tanto sonno in vita mia.

Stavo andando fuori di testa. Peggio di mio padre che sbottava per qualunque inezia, e di mia madre che vagava nel suo iperspazio come un'astronauta che aveva perso il collegamento con la navicella.

Forse era una questione genetica. Emma sostiene che le famiglie sono come gli alberi. Dice che i rami possono prendere direzioni diverse ma, quando le radici sono malate, è fottuto anche il ramo che è arrivato piú in alto.

Ora che ci penso, pure zio Ivan è strano. Mamma sostiene che è un artista e che la sua instabilità emotiva – chiama cosí la sua repulsione per qualunque forma di fatica – ha a che fare con il sentirsi defraudato del giusto riconoscimento per il proprio lavoro. «Scrivere storie che nessuno gli ha mai voluto pubblicare lo chiami un lavoro?» le risponde mio padre.

Ho lavato la faccia e i denti davanti allo specchio del bagno, mentre cercavo un'anomalia somatica che prima mi era sfuggita: una fronte troppo alta, zigomi troppo sporgenti o chissà cosa. Ho annusato la maglietta che avevo messo il giorno prima: poteva ancora andare. L'ho infilata, ho infilato anche una felpa leggera e ho cercato di ridare una forma ai capelli esplosi, coprendoli di gel che poi non sono piú riuscito a togliermi dalle mani. C'era il rischio che mi interrogassero, quella mattina: avrei fatto scena muta. Buona parte della notte l'avevo trascorsa ad ascoltare il rumore della pioggia che, a scrosci, batteva contro il vetro della finestra, come una specie di sciabordio di onde, e a progettare la mia nuova vita da assassino.

Che cosa ne sarebbe stato di me se fossi impazzito? Con la fortuna che avevo, sarei finito in qualche struttura sanitaria in balia di uno psichiatra degenerato, a sbavare e a pisciarmi addosso stordito dai farmaci o in preda alle convulsioni provocate dagli elettroshock.

Sono uscito dalla stanza. Papà dormiva, lo sentivo respirare pesante attraverso la porta chiusa. Ho incrociato mamma in cucina. Indossava i pantaloni della tuta, una felpa con le maniche lunghe e un paio di scarpe da ginnastica e sembrava molto indaffarata, anche se non capivo cosa facesse. Aveva un'aria strana, gli occhi sgranati e lo sguardo inespressivo. Ho aperto il frigorifero, le ho chiesto se avevamo del latte.

– Non puoi subissarmi di richieste di primo mattino.

Poi mi ha detto di sbrigarmi perché eravamo in ritardo.

Mi infastidiva l'idea di uscire di testa in un modo cosí prematuro. Anche se dovevo riconoscere che qualche vantaggio poteva esserci. Tipo che nessuno se ne sarebbe accorto. Mentre se fossi diventato uno scienziato prima di sbarellare, avrei avuto la mia bella pagina Wikipedia a testimoniare *coram populo* che il mio cervello aveva dato forfait.

Di recente, avevo letto di quella ricercatrice tedesca che si era fatta crescere un parassita nel piede. Aveva lasciato che il parassita si cibasse, deponesse le uova e defecasse nel suo piede, per studiarne le fasi vitali. E avevo letto di quei due scienziati della Pennsylvania che si erano appassionati alle abitudini sessuali dei tacchini. Avevano costruito un modello di tacchina che ai tacchini maschi sembrava piacere. Poi avevano cominciato a rimuovere la coda, le zampe e le ali, ma a loro piaceva lo stesso. Alla fine avevano lasciato solo la testa infilata in un bastone. I tacchini cercavano di accoppiarsi col bastone.

Non per criticare, ma preferirei passare alla storia per aver risolto il surriscaldamento del pianeta.

Ho detto a mia madre che ero troppo debole per andare a scuola, ma lei aveva già oltrepassato la porta d'ingresso e chiamato l'ascensore. Siamo saliti in auto, guidava veloce nella corsia dei pullman, sempre con quell'espressione sconcertata che aveva dalla sera prima. Quando siamo arrivati, il portone era chiuso e non c'era ancora nessuno ad aspettare. – Non mi sento bene, – ho sospirato, afflosciandomi sul sedile. Lei mi ha attirato a sé, mi ha baciato i capelli, ha guardato l'orologio:

– Amore, devo andare.

– Andare dove?

Mi ha fatto scendere e si è immessa di nuovo nella corsia riservata senza guardare nello specchietto retrovisore. Ho aspettato che l'auto scomparisse in fondo alla strada e mi sono allontanato dal cancello.

È stato un automatismo. Pensavo di camminare senza una meta precisa, invece mi sono ritrovato lí.

Ho attraversato il corso, ho superato la stazione dei treni. C'era un testimone di Geova, davanti all'ingresso, che diceva in un microfono di aver scoperto la ricetta per il successo. La sua voce usciva da un amplificatore con le ruote che si trascinava dietro come un cane al guinzaglio. Ho superato una farmacia, un ristorante indiano, un ristorante hawaiano, un take-away cinese, avevo una sensazione strana, come se una nebbia salisse dai tombini e confondesse i contorni delle cose, poi sono arrivato.

Ho scelto un tavolo qualunque del dehors, erano tutti liberi. Con la manica della felpa ho asciugato le gocce di pioggia che la notte aveva lasciato sulla sedia. Era spuntato il sole, pallido, fiacco, ma lei indossava già un abito smanicato e aveva i piedi nudi dentro un paio di sandali rosa. Dalla porta del bar ha urlato che non facevano servizio ai tavoli. Ha spento quel che restava della sigaretta sul bordo del muro ed è sparita dietro il bancone.

Cosí sono entrato nel locale e ho ordinato un macchiato e una bottiglietta d'acqua.

Si è voltata verso la macchinetta del caffè. Non doveva avere piú di cinquant'anni. La testa e le spalle ciondolavano al ritmo di una canzone che canticchiava muovendo appena le labbra. Il suo corpo magro vibrava sotto il vestito sottile. Un'ampia scollatura lasciava scoperte le spalline di un reggiseno un po' ingiallito, i capelli decolorati erano stirati con la piastra.

– Non dovresti essere a scuola?

– C'è sciopero.

Ha alzato le spalle, come a dire che non ero un fenomeno a mentire e che, comunque, erano fatti miei.

Il bar era stretto e lungo, con la parete dietro la cassa tappezzata di gratta e vinci e file ordinate di caramelle e gomme da masticare. Il pavimento di piastrelle marroni era stato appena lavato. Le sedie attorno ai tavolini di formica erano rivestite di finta pelle e avevano squarci da cui usciva l'imbottitura. C'era un leggero odore di disinfettante, forse arrivava dalla porta del bagno che qualcuno aveva lasciato aperta. Sono rimasto a lungo a osservare la vetrinetta che conteneva brioche, toast avvolti nel cellophane e panini pallidissimi, senza ordinare niente. In un'altra vetrina c'erano bottiglie di Amaro Cora, Cynar, rabarbaro, sambuca e vecchi whisky che non avevo mai sentito nominare. Non c'erano dolci vegani, ginseng e qualunque altra cosa inventata dopo gli anni Ottanta. Dal bancone ho preso un tovagliolo di carta, era di quelli che ti scartavetrano e non asciugano niente.

Ho pagato, ho preso la tazzina e la bottiglietta e sono tornato al tavolo ad aspettare che il tempo passasse. Non sapevo esattamente perché fossi finito al bar di Flora, forse volevo solo trovare tracce di Emma, giusto per sentirmi meno solo, e ora mi accorgevo che quel luogo ne era cosí pieno da costringermi a rivedere l'opinione che avevo di lei: gli abiti fuori moda, il vecchio Nokia e l'aria insolente non erano una forma di disobbedienza, piuttosto il contrario.

– Non è buono? – ha chiesto Flora, poco dopo.

Spostava il peso del corpo da un piede all'altro. Teneva un vassoio vuoto appoggiato al fianco e fissava il mio caffè.

– Mi scusi, mi sono dimenticato di bere.

– Non ti scusare, i soldi sono i tuoi. Se vuoi puoi ordinarne altri cento e lasciarli freddare sul tavolo, a me non cambia niente.

L'ho guardata allontanarsi e tornare dentro il bar. Mi sembrava avesse perfino la stessa camminata di Emma. È uscita poco dopo con un altro caffè.

– Offre la casa.

L'ho ringraziata, mi sono scusato un'altra volta, le ho detto che non doveva.

– Passi il tempo a scusarti.

Ha scostato una sedia, si è seduta e si è allentata la fibbia dei sandali.

– Sembra che il tempo si metta al bello, – ha detto.

– Sembra.

– Basta che poi non comincino tutti a lamentarsi per il caldo. La gente diventa cosí noiosa quando fa caldo: sempre a raccontarti di quanto sudano. Hanno appena smesso di lamentarsi per il freddo che attaccano col caldo.

Mi ha guardato da capo a piedi.

– Ti facevo piú in carne.

Che cosa intendeva?

– Io proprio non li capisco quelli che si lamentano per il caldo.

Il dehors si è ben presto animato e Flora, durante le pause, veniva a sedersi al mio tavolo. Avevamo scoperto di avere la stessa passione per il cinema e questo la elettrizzava. Mi indicava quel cliente o quell'altro, tutti ci ricordavano il personaggio di un film o di una serie: Carrie Bradshaw, Mugatu, Quintana, Serpico.

Mi strizzava l'occhio e si metteva a ridere. Flora ha denti piccoli e gengive pallide.

Ho passato la mattina in quel bar. Ho mangiato un croissant e un panino, bevuto una Coca e dimenticato per un po' le mie paranoie, tutto a spese della casa. Ogni tanto guardavo l'ora, perché avevo perso il senso del tempo ma volevo svignarmela prima che Emma arrivasse. C'era sicuramente una ragione se mi impediva di svoltare quell'angolo quando la accompagnavo a casa. Non sapevo quale fosse ma dovevo rispettarla, anche se mi pesava tantissimo andarmene, anche se quello era un posto in cui stavo finalmente bene.

Ma in uno di quei momenti in cui io e Flora ridevamo di gusto, Emma è arrivata.

– Che cazzo ci fate voi due qui? – ha urlato.

– Si dà il caso che io sia la proprietaria della baracca, – Flora ha preso una mano di Emma e l'ha portata alle labbra per baciarla. – Bambina mia, sei gobba con quello zaino. Mi chiedo se serva davvero portare tutti quei libri.

– Ho chiesto che cazzo ci fate qui, voi due.

– Tesoro, non essere scortese. Siediti che vi porto qualcosa da mangiare. Il tuo amico è uno spasso. Sei uscita prima?

Il tuo amico? Allora Flora sapeva chi ero? Avevo fatto la figura dell'imbecille a fingere di essere finito lí per caso.

– Il professor Costa era assente, – ha ringhiato.

– Come, assente? – Avevo parlato talmente piano che Emma non aveva nemmeno sentito la domanda, sono stato costretto a ripeterla: – Perché era assente?

– Cazzo ne so.

5.

Era sabato mattina, quindi niente scuola. Me ne stavo seduto sul divano a perdere tempo con il cellulare quando alla radio hanno detto che il cadavere della spiaggia era stato identificato. Mi sono allungato verso il tavolino e ho preso un biscotto. Non mi tremavano nemmeno le mani. – Smettila di rimpinzarti di quella roba, – ha detto mia madre senza voltarsi. Stava spolverando la libreria. Si era alzata presto, aveva già cambiato le lenzuola e pulito i vetri. Indossava i pantaloni di una tuta e una t-shirt. Erano giorni che puliva casa come una forsennata. Spostava mobili, strofinava tappeti con acqua e aceto, quell'odore riempiva l'aria e faceva lacrimare gli occhi; sistemava le piante del terrazzo, potava le rose, a me sembrava un'idea stupida potare le rose a metà maggio ma mi facevo i fatti miei, aveva travasato un'aloe gigante e si era graffiata. Pochi giorni prima mi aveva mostrato le ferite sulle braccia e le unghie nere di terra. Tipico suo, farmi pesare che anche i lavori pesanti toccavano a lei. «Nessuno ti ha chiesto di farlo», le avevo detto. Mi aveva tirato una sberla.

– Attento a non riempire il divano di briciole, – ha sospirato.

Le piaceva pulire di sabato. Le piaceva farlo soprattutto quando io e mio padre eravamo in casa, sfiorarci di continuo con l'aspirapolvere: il rumore sordo e minaccioso di quel cazzo di aspirapolvere passato mille volte sui tappeti, un rumore che era un rimprovero. Con la voce risentita ci ordinava di cambiare stanza, mentre papà le chiedeva se aveva bisogno di una mano.

– Una mano me la dai se ti togli dai piedi.

Era stata la moglie a riconoscere l'uomo annegato nello Stura. Due giorni prima del ritrovamento ne aveva denunciato la scomparsa. Me la vedevo nella stanza sterilizzata dell'obitorio, gelida e senza finestre. Qualcuno le aveva certamente chiesto di mostrare una foto, qualche dettaglio, cosa indossava la vittima il giorno della scomparsa, un elenco di oggetti personali.

La immaginavo magra, come mia madre, e altrettanto inaccessibile davanti al corpo illividito disteso sul tavolo d'acciaio e coperto da un lenzuolo. La guardavo mentre un medico legale o un pubblico ufficiale o chissà chi sollevava il telo, e la vedevo annuire, mentre il medico o l'ufficiale, nella stanza invasa dall'odore del morto e del disinfettante, ricopriva di nuovo il corpo e, sfilando i guanti di lattice, diceva: «Signora, mi dispiace».

Ma lei non ascoltava piú, concentrata sul suono di alcune parole che le ronzavano in testa: parole come domani, futuro o normalità o famiglia, che cambiavano improvvisamente significato, peso e portata. Per lei e per il suo bambino.

Lo sapevo perché anch'io stavo facendo i conti con la stessa mutazione. Anche per me, per mio padre e mia madre, che amavo e detestavo con la stessa intensità, da quando avevo visto coi miei occhi di che cosa fossero capaci, ci sarebbe stato un prima e un dopo quell'evento.

«Tu scopi?» mi aveva chiesto una volta Guerra, il piú idiota della classe. È sorprendente come la sua mente possa ribollire di domande imbecilli che sembrano scaturirgli dalla bocca come un colpo di tosse.

«Ogni tanto», avevo risposto.

Non potevo certo parlargli della storia dei peli. Spiegare a quel deficiente, irsuto come un babbuino, che ho ancora la pelle glabra e la corporatura gracile, priva di muscoli, come ai tempi dell'asilo. Arriveranno, mi rassicurava mio padre. Sí, ma quando? Indossavo magliette perfino in spiaggia.

È una vita di merda quella che puoi fare su una spiaggia se non ti levi la maglietta. Sudare e rotolarti nella sabbia e tenerti addosso quel prurito per tutto il giorno.

Non mi sarei spogliato davanti a una ragazza nemmeno se mi avessero puntato una pistola alla tempia.

«Le seghe?» aveva insistito l'idiota.

Avevo fatto un gesto con la mano, come a dire che erano il mio pane quotidiano.

In fondo, se fossi finito in carcere, avrei potuto desiderare di scopare una donna o di fare parte di un gruppo, di essere uno di quelli che i compagni chiamano per smezzarsi una birra o una sigaretta, per confidargli un segreto. E se tutto questo fosse rimasto solo nel mondo dei sogni, non sarebbe stato per colpa mia ma di quelle sbarre. Avrei finalmente avuto una scusa buona per rinunciare a molte cose senza sentirmi un perdente.

La moglie del morto si chiamava Sofia, avevano detto alla radio. Era incinta.

Pablo era stranamente agitato. Non riusciva a stare seduto per piú di tre secondi, cercava di salire sul divano anche se gli era proibito. Mi dava colpetti coi cuscinetti ruvidi delle zampe, come per risvegliarmi dal torpore che mi era piombato addosso, mi infilava il muso sotto la mano per farsi accarezzare, mi leccava, leccava la stoffa dei pantaloni, era in preda alla frenesia. Di certo, sentiva che qualcosa non andava. L'ho abbracciato, gli ho accarezzato i muscoli della schiena in tensione. Mi stava comunicando che era dalla mia parte, che era pronto a difendermi, qualunque fosse la minaccia che mi riduceva cosí.

Al giornale radio stavano dicendo che Putin aveva fatto arrestare i suoi oppositori, che una barca di migranti era alla deriva nel Mar Jonio, che ci sarebbe stato un altro sciopero generale. Me ne sono rimasto lí, ad ascoltare distrattamente le altre notizie, apparentemente tranquillo e rilassato, come se fosse un sabato qualunque e non mi fosse accaduto nulla di speciale, come se non si fosse appena insinuata nella mia testa la definitiva certezza che ero stato io a uccidere Lorenzo Costa.

Mia madre era a un passo da me, continuava a spolverare la libreria. Il piumino che stringeva nella mano scivolava silenzioso sui bordi dei libri. Le guardavo il polso piccolo, la schiena magra sotto la maglietta, l'onda ritmica dei capelli lunghi e neri tra le spalle.

Sembrava che non avesse sentito la notizia del riconoscimento. Canticchiava qualcosa tra i denti, dalle labbra socchiuse le usciva un lieve ronzio. Magari si era persa nella trama di uno di quei romanzi che le piacciono tanto.

Anche a me piacciono i libri: posso passare una notte sveglio a leggere Bradbury o Vonnegut, Philip Dick o Douglas Adams. Ma per mia madre è diverso. Lei si trasferisce nei libri. E quando stanno per finire, si vede che è un trauma tornare. Te ne accorgi dall'espressione del viso, quella faccia insoddisfatta, la pelle un po' ingrigita di chi pensa che la vita sia stata sleale. E se hai quella faccia perché, fino a poco prima, avevi un'avventurosa vita di carta, be', allora penso che qualche rotella è andata fuori posto. O che hai bisogno che qualcuno si prenda cura della tua infelicità. Né io né mio padre abbiamo saputo farlo – non dico prenderci cura, ma nemmeno vederla, quella infelicità – e lei è finita tra le braccia di un altro. E non erano braccia di carta.

Alla madre di mia madre, papà è sempre piaciuto. Una persona solida, diceva, un uomo tutto d'un pezzo. Pensava che lui sarebbe riuscito a tenere la sua unica figlia coi piedi per terra.

Ma gli uomini tutti d'un pezzo non riescono a infilarsi negli spazi bianchi tra le righe di un libro.

Se si fosse lasciato erodere e assottigliare, forse ci sarebbe riuscito.

Lorenzo Costa sembrava fatto di un'altra materia. Era una polvere sottile, un gas: era penetrato nel mondo di mia madre e l'aveva convinta a seguirlo nel suo, che era una stanza al terzo piano dell'Hotel Zhao, due stelle, tende di nylon alle finestre, uno di quegli hotel in cui, se fosse stato mio padre a portarci, lei se lo sarebbe sbranato.

Il giornale radio era finito, era cominciato un programma di scienza. Dicevano che qualcuno aveva preso le cellule di topi malati e le aveva riprogrammate per trasformarli in topi sani, poi hanno messo una musica jazz. Pablo aveva approfittato della mia distrazione ed era salito sul divano. Aveva il muso appoggiato alla mia gamba e mi spiava con la coda dell'occhio. Cercavo di ignorare mia madre perché era penoso guardarla, pensavo che fosse troppo esile per sopportare il peso di tutto quello che sarebbe arrivato, ne sarebbe rimasta schiacciata. Ma a un certo punto non ce l'ho piú fatta e l'ho guardata. Era ancora di schiena, incantata su un libro, sempre lo stesso, lo spolverino che si accaniva sulla copertina, avanti e indietro, cento volte, mille volte, dalle labbra continuava a uscirle quella musica strozzata, quella specie di ronzio, tutto il suo corpo sembrava immobile tranne la mano e il polso, e il piumino della polvere che si muoveva sulla copertina del libro con una specie di disperazione.

Allora ho capito che aveva sentito benissimo. La notizia di Costa, la moglie, il bambino che doveva arrivare e tutto il resto. E una vampata di calore mi è esplosa dentro. Avevo ucciso l'uomo che amava, distrutto i suoi sogni. Sentivo il collo, il viso e le orecchie prendere fuoco. Speravo solo di incenerirmi.

Pablo è saltato in piedi e ha ricominciato a chiamarmi, graffiandomi le gambe con la zampa.

Se avessi preso fuoco, se anch'io fossi morto, forse lei avrebbe avuto pietà di me.

Ho socchiuso gli occhi e ho immaginato il mio corpo ardere su quel divano in preda all'autocombustione. E poi l'ho immaginata intenta a raccogliere la cenere bianca e pastosa che ero diventato. Lei che urlava: «Cristosanto Nico, non sono la tua serva».

6.

«Con chi ridevi a quel modo?»

«Con zio Ivan».

Mia madre era al telefono, nell'altra stanza, e io mi ero affacciato a vedere.

Di certo non era zio Ivan, che ultimamente non se la passava bene e fumava hashish dal mattino alla sera per non sentire urlare.

«Chi è che urla?» gli avevo chiesto una volta.

«La gente. Non fa che urlare».

«Non sento niente».

«Io li sento».

Mia madre non aveva mai riso cosí. Era il giorno del suo compleanno, l'11 marzo, non posso dimenticarlo. Ero rimasto serio a guardarla perché, da un po' di tempo, pensavo che nascondesse qualcosa.

«Si può sapere che cosa ti prende?» mi aveva detto. Era diventata seria anche lei.

Aveva da poco tagliato i capelli e anche le gonne si erano accorciate. Indizi che c'era qualcosa di strano. Aveva preso a uscire con quest'amica o quell'altra, in genere quando mio padre non c'era: Lucia, Carla, Francesca. «E dài, – diceva, – non te la ricordi?» Ero certo che sparasse nomi a caso, non me le ricordavo, non le avevo mai sentite nominare. Indizi. Mi dondolavo sulla sedia, avanti e indietro in bilico sulle gambe posteriori, mi guardava e non diceva niente. Un altro indizio.

Era stata una madre apprensiva. L'avevo sentita mille volte al telefono con nonna, con quella voce affaticata dalle continue preoccupazioni: Oggi Nico ha qualche linea di febbre, ha il raffreddore, si è sbucciato un ginocchio, l'ho visto andare in bici e mi sono venuti i brividi. Un tempo davo di matto perché mi toglieva il fiato. Poi, a un tratto cercavo quella stessa apprensione nel suo sguardo, nel tono della voce, nei gesti, e davo di matto perché non la ritrovavo.

«Di che ridevate?»

Mi aveva preso la faccia con il pollice e l'indice e si era messa a osservarmi come se cercasse qualcosa.

«La tua acne va meglio da quando mangiamo pulito».

Il frigorifero si era riempito di insalate. Diceva che dovevamo aiutare papà a dimagrire, ma intanto era lei che si pesava in continuazione. Ennesimo indizio.

«Ho bisogno di grassi, – le avevo detto, – altrimenti scompaio».

Aveva alzato le spalle.

«Non dire stupidaggini».

L'avevo seguita perché rideva a quel modo e perché non avevo niente da fare. Era un sabato pomeriggio. A pensarci, le cose che mi hanno rovinato la vita mi sono sempre piombate addosso nei fine settimana. Forse dovrei considerare di predispormi al week-end con un atteggiamento diverso, tipo scavarmi una buca e ficcarmici dentro.

Il giorno prima, a scuola, durante l'intervallo, stavamo scendendo le scale: un gruppo di compagni, tutti portati per gli sport e dotati di un'onesta distribuzione di peli, stava organizzando qualcosa. L'idea era di vedersi al campetto, il sabato pomeriggio, tirare due calci al pallone e andare poi a farsi un hamburger. Facevano l'elenco di chi avrebbe partecipato. Non ho nessun talento per lo sport e l'idea di ritrovarmi a mangiare patatine tossiche non mi faceva impazzire.

Cercavo di darmi un tono, fischiettando, guardandomi attorno. Mi sudavano le mani nelle tasche, nell'attesa di sentir pronunciare il mio nome o, peggio, di non sentirlo. Cosí avevo detto di essere impegnato prima di scoprire come sarebbe andata a finire.

Insomma, anche quel sabato non avevo niente da fare, se non aspettare che la mia vita prendesse la merdosissima piega che ha preso. Lei si era vestita elegante e aveva lasciato dietro di sé la scia di un profumo nuovo. Aveva detto che sarebbe andata a vedere gli antiquari al Balon con una certa Ines. Un'altra amica che compariva da chissà dove e che non aveva mai nominato prima. Si era chiusa la porta alle spalle accendendosi una sigaretta. Mi ero messo alla finestra per vedere che direzione prendeva. Era quella giusta, ma va' a sapere, mi ero detto. Avevo resistito per un po', poi avevo preso la bici e mi ero diretto al mercato. Sapevo che, anche se aveva detto la verità, sarebbe stato impossibile trovarla in mezzo a tutta quella gente. Ma, lo ripeto, non avevo niente da fare e niente da perdere.

Invece, poi, l'avevo trovata. Era seduta in un bar, vicino alla vetrina. Aveva le gambe accavallate e un caffè sul tavolino, che mescolava con lentezza. Il bar era vuoto, ed era strano vederla cosí sola, mentre fuori c'era tanta gente che si accalcava, spingendomi da un lato o dicendo: Ti vuoi muovere, ragazzino. Mi ero inchiodato in mezzo alla processione – cioè, a quella che sembrava una processione – e non ci pensavo nemmeno a muovermi, me ne restavo impalato a fissare mia madre, attento a non farmi scoprire, e mi straziava vederla in quel posto, tutta elegante, la mano che girava piano il cucchiaino nella tazza. Mi straziava la sua solitudine mentre finalmente avevo la prova che quella Ines o quella Francesca non erano mai esistite, e soprattutto scoprivo qual era il suo segreto, e cioè che lei non aveva segreti, che era tutto un imbroglio, che il trucco e le gonne corte e le fughe erano una messinscena, allestita per me e per mio padre. A un certo punto si sarebbe alzata da lí e lentamente sarebbe tornata verso casa, con il trucco sfatto ad arte e lo sguardo languido, e noi l'avremmo osservata, avremmo fissato la sua gonna corta, il trucco e gli occhi languidi e ci saremmo presi paura, accorgendoci all'improvviso che lei era una donna misteriosa, una che avrebbe potuto imboccare una strada diversa dalla nostra e allora addio.

Stavo per sciogliermi nella commozione.

Poi era arrivato Lorenzo Costa e l'aveva baciata sulla bocca.

Ho un file in cui ho scritto la semplice cronologia dei fatti, sforzandomi di annotare i soli eventi realmente accaduti.

L'esistenza di questo file mi permette di abbandonarmi alle paranoie.

Ci sono pensieri ossessivi che si muovono soprattutto nel buio. Quando sono da solo, di notte, a luci spente. È il loro momento preferito: arrivano e mi divorano.

Immagini che si sovrappongono, si scontrano, come le auto di quel videogioco, *Carnage*. Il ricordo di un presentimento che fatico a collocare nel tempo.

Sospetti che si confondono con le prove che si confondono con le autoflagellazioni. Il rischio è di non distinguere piú quello che è reale dalle reazioni chimiche che mi mandano in poltiglia il cervello. Quando perdo contatto con la realtà, apro il file e riparto da zero.

12 gennaio, arrivo a scuola di Lorenzo Costa.

16 gennaio, Costa convoca i genitori degli alunni. Mamma partecipa al colloquio da sola, papà è in viaggio.

23 febbraio, visita dal neurologo, il medico stabilisce che i miei mali psicosomatici sono convertibili in poteri speciali. Mamma arriva tardi all'appuntamento. Diverso taglio di capelli, abiti nuovi. Litigio in auto.

24 febbraio, metto alla prova la forza della mente per stabilire un contatto con Emma. Inaspettatamente, la prova funziona.

26 febbraio, mamma esce con la sua prima amica immaginaria. Prima va di nuovo dal parrucchiere.

11 marzo, la risata. Primo pedinamento.

In quel bar di Borgo Dora avevano parlato a lungo, Costa e mia madre. Lui aveva frugato nel borsone del nuoto e ne aveva estratto un libro che ora lei si rigirava tra le mani. Sorrideva, inclinando la testa da un lato, oppure gli accarezzava il viso e i capelli o gli sfiorava una spalla, sembrava non riuscire a smettere di toccarlo. Le sue mani su quell'uomo, le mani di mia madre, erano qualcosa di irragionevole. Il modo che aveva di stargli seduta accanto mi faceva salire la nausea.

Nei giorni e nelle settimane successive avevo cercato altre prove della loro relazione, avevo perfino trovato il coraggio di seguirli. Costa girava sempre con quel borsone che conteneva un accappatoio e altre cose. Quando lo apriva, l'aula si riempiva dell'odore del cloro. Una sera, a cena, mamma aveva annunciato di essersi iscritta in piscina.

«In piscina, tu?» aveva detto mio padre. E si era messo a ridere.

L'avevo seguita, era la stessa piscina in cui andava Costa.

La carta magnetica di un albergo periferico che avevo trovato frugando nella sua borsa – lo so, è stata una vigliaccata frugare nella sua borsa – mi aveva rivelato dove si incontravano. Ero andato a vedere, volevo capire che razza di posto fosse. Un posto di merda. Ma forse era un problema secondario rispetto al fatto che poi non toccasse a lei rifare il letto e pulire la moquette.

21 marzo, mamma si è iscritta in piscina. Pedinamento.

6 aprile, pedinamento. Mamma e Costa entrano all'Hotel Zhao.

9 aprile, pedinamento. Mamma e Costa vedono insieme una mostra al Museo di Arte Orientale.

13 e 19 aprile, 6 maggio, pedinamenti. Ancora Hotel Zhao.

Mi sentivo sempre sul punto di strapparmi in due, strattonato da forze opposte: la paura di perderla e la voglia disperata di farle del male. Era diventata una lunatica che, senza preavviso, alternava momenti di euforia a momenti di insofferenza o di rabbia. Volevo vendicarmi per quello che stava facendo a papà e a me. Uscivo in bici, staccavo il telefono e sparivo per ore. Quando riaccendevo, trovavo decine di chiamate. Al ritorno mi chiedeva se volevo farla morire di paura.

Sí, lo volevo.

Un giorno ho visto papà piangere. C'era stata una discussione e pensavano che stessi dormendo. Erano in bagno. Lui era accasciato sul pavimento tra la vasca e il lavandino, e singhiozzava, con le spalle scosse dai tremori, un rantolo nella gola. Un rivolo di saliva che gli usciva dalla bocca aperta. Non ero preparato alla debolezza di mio padre. Non cosí.

Mia madre stava in piedi davanti a lui, con le gambe che non riuscivano a stare ferme. Anche lei piangeva, in silenzio, ma sembrava impaziente di andarsene.

Li spiavo, atterrito, e non sapevo cosa fare. Non c'era niente che potessi fare per salvarci. Gli apparecchi elettronici di cui mio padre riempiva casa arrivavano sempre con un libretto di istruzioni. Ognuno di noi avrebbe diritto ad avere un libretto di istruzioni. Se avessi avuto un libretto di istruzioni avrei saputo come spegnerci, riaccenderci e riconfigurarci.

Nei giorni successivi, papà e mamma avevano fatto finta di niente. Ma lui sembrava sempre sul punto di sbroccare. Tre o quattro giorni dopo l'episodio del bagno, ho sentito papà dirle che sarebbe finita male.

26 aprile, papà piange seduto sulle piastrelle del bagno.

15 maggio, mamma piange seduta sulle piastrelle del bagno.

16 maggio, pedino Lorenzo Costa e pretendo che muoia. La sera stessa, la moglie ne denuncia la scomparsa.

18 maggio, i vecchi ripescano il cadavere nel fiume. Io piango seduto sulle piastrelle del bagno.

Ci penso quasi ogni sera. Mi metto a letto, faccio il segno della croce e penso a come sarebbe la mia vita se potessi riavvolgere il tempo. Se lei non avesse riso a quel modo. Se quel mattino, scendendo le scale, i compagni si fossero accorti che mancava un giocatore e qualcuno avesse detto: «Nico, ci servi in porta».

Avrei fatto la figura dell'imbecille, su quel campo. Mi sono immaginato mille volte la scena: io che cerco di passare al terzino, ma zappo la terra e la palla rotola tra i piedi della punta avversaria. Il difensore che urla una bestemmia. Ho un dolore al centro del petto, come se qualcuno mi avesse tirato una testata, e i piedi che non si muovono, mentre quelli dell'attaccante vanno talmente veloci che mi gira la testa. Ha l'ossatura di un ragazzino delle elementari ma lui con la palla è un fenomeno. Immagino il difensore che prova a riprendersela, ma lascia una fessura tra le gambe, giusto lo spazio che serve all'attaccante per farcela scivolare in mezzo e avvicinarsi alla rete. Qualcuno mi urla di uscire: «Esci, impedito del cazzo». Allora io esco dalla linea di porta, con un gesto che percepisco repentino e invece deve essere lento come la quaresima, mi volto e la palla è già in rete. Ho una tale rabbia che spingo avanti la gamba destra per calciare il vuoto, ma la sinistra scivola sul fango e cosí finisco con la schiena a terra, e poi non ho piú il coraggio di guardare in faccia nessuno. Se li guardo, se incrocio i loro occhi, vedrò quello che valgo. E cioè niente.

Se fosse andata cosí sarei qui a piangermi addosso: solo quando hai toccato il fondo, come l'ho toccato io, riesci a dare il giusto peso alla sfortuna.

Quanto sarei stato fortunato, invece.

Se non avessi seguito mia madre quel giorno. Se non avessi seguito Costa, due mesi dopo. O se l'avessi seguito e avessi desiderato qualcosa di meno definitivo della morte.

7.

Una volta, al fiume, uno dei miei compagni aveva trovato un sacco che galleggiava. Lo aveva arpionato con un lungo ramo e trascinato all'asciutto. Il sacco era chiuso con una corda e conteneva un gatto. La puzza era cosí mefitica che gli era venuto da vomitare. Il gatto era tutto gonfio ed esalava un gas che ti faceva soffocare. «È cosí che si muore quando si annega, - aveva detto. - Diventi gonfio e puzzi da far schifo».

Due giorni dopo il riconoscimento la classe si era ritrovata davanti a scuola mezz'ora prima che la campanella suonasse. Su una cosa tutti sembravano d'accordo: Lorenzo Costa non si era suicidato.

Durante l'ultima lezione aveva raccontato la storia di Ofelia. Passeggiava per la classe con quel suo portamento eretto, fermandosi di tanto in tanto a guardare negli occhi ora l'uno ora l'altro. Gli piaceva molto ascoltare la propria voce, modularla e arricchirla di sfumature, appagato dalle parole che riusciva a pronunciare. La classe, all'unanimità, aveva stabilito che Costa non era tipo da ficcarsi da solo un cappotto di legno. Senza contare che era un nuotatore. Un nuotatore non si suicida nuotando. Prima di sfiancarsi e di lasciare che l'acqua faccia il suo lavoro, gli è già passata la voglia.

Un uomo impiega cinque minuti per annegare. Ho provato a contarli: un secondo, due secondi, tre secondi, e intanto un po' d'acqua si è già infilata nelle vie respiratorie, la gola si restringe, la pressione si abbassa, il cuore palpita. La mente riesce ancora a pensare. Quarantun secondi, quarantadue secondi. «Questo è assurdo, – ha detto Freud un istante prima di morire, – questo è assurdo». I polmoni si svuotano dell'ossigeno, la pelle si colora di blu, la coscienza si annebbia. Cinquanta secondi, sessanta. I movimenti si fanno piú lenti, i muscoli si contraggono e si rilasciano senza coordinazione, la gola si riapre e l'acqua fa quello che vuole, riempie i polmoni. Ottanta secondi, cento, il battito è flebile, il respiro si arresta. Duecento secondi, l'organismo si arrende al coma. Trecento secondi, il cuore si è fermato. Game over.

Avevo passato la notte a raccogliere informazioni, avrei potuto dire che cosa avevo imparato sulla morte per annegamento e perfino in quanti erano annegati in quel tratto di fiume negli ultimi vent'anni. Ma non volevo attirare l'attenzione. Dovevo mostrarmi interessato a quello che gli altri dicevano, per non destare sospetti, senza fare commenti e soprattutto senza fare domande, per evitare ne facessero a me.

Il professor Costa, quindi, era stato ammazzato. E per uccidere ci vuole un movente, dicevano. Magari la vendetta. Effettivamente, quando Costa aveva iniziato a interrogare, avevamo rimpianto il vecchio Riva. Quelle di Costa non erano normali interrogazioni, erano rompicapi da risolvere per avere salva la vita. Trappole mortali che lui tendeva con la voce carezzevole e il sorriso sulle labbra. Una specie di Edward Nigma ma vestito come i due squilibrati di *Natural Born Killers*. Non era da escludere che un ex allievo avesse deciso di fargliela pagare. Oppure era una questione di soldi, dicevano: forse Costa aveva preso soldi in prestito e poi non li aveva restituiti. O magari aveva il vizio del gioco. O quello delle donne. Il sesso, certo, poteva essere un'altra ipotesi. Costa aveva una bella faccia e un fisico da atleta, piaceva alle donne come piacciono i maschi belli e intelligenti, perché sono i piú idonei alla riproduzione della specie. C'era stato l'episodio della professoressa Serra, che un giorno avevamo visto scendere dal suo furgone, e l'episodio della dottoressa De Luca, la psicologa della scuola, che una volta lo aveva atteso sulla porta del suo ufficio e gli aveva chiesto di entrare.

E Costa aveva una moglie incinta. Nessuno di noi aveva mai sentito dire che Costa avesse una moglie, tantomeno che aspettasse un bambino.

Il cielo si era di nuovo annuvolato, i gradini di pietra della scuola erano freddi e umidi e un paio di compagne erano vestite troppo leggere. Battevano i piedi per terra e si massaggiavano le braccia e le gambe nude per scaldarsi. Un'auto della polizia ha posteggiato nei pressi della scuola, ne sono scesi due agenti. Guerra e un altro si sono alzati per lasciarli passare.

Mancavano dieci minuti alle otto e un gruppo di studenti di altre classi si è avvicinato per sentire cosa avevamo da dire. All'interno del liceo Gramsci eravamo gli ultimi ad averlo visto vivo, un caso che ci rendeva irragionevolmente interessanti. Cosa aveva fatto una volta uscito dall'istituto? Chi aveva incontrato?

Poi è suonata la campanella e siamo entrati. Sentivo le gambe rigide e avevo un mal di testa che mi sarei decapitato. Era tutto cosí terrificante e assurdo – soprattutto assurdo – che avevo l'impressione di essere finito in un videogioco. Un sogno, forse. Presto mi sarei svegliato e sarei tornato alla vita di prima. Rivolevo quella vecchia vita con tutte le mie forze.

Emma mi ha sorriso.

– Ehi, – ha detto.

Mi ha afferrato per un braccio e mi ha trascinato lungo il corridoio fino all'ingresso della classe.

– Oh, che ti piglia?

Non le ho risposto. Se avessi risposto, sarei scoppiato a piangere.

Poco dopo, durante l'ora di latino, il preside Fusco ci ha fatto l'onore di una sua visita. L'elettricità che c'era nell'aria per via di quello che era successo sembrava essersi attaccata ai capelli della professoressa Moser: le stavano ritti e crespi sulla testa, sembrava reduce da un combattimento.

– Grazie per essere venuto, signor preside.

Fusco aveva sollevato una mano come a dire: Ci mancherebbe. Si vedeva che si sforzava di trovare le parole giuste per parlarci di quello che sapevamo già tutti: il ritrovamento del cadavere, le cause ancora incerte della morte, il cordoglio.

Il preside Fusco ha un piccolo ufficio dall'altra parte del cortile. È il primo ad arrivare a scuola la mattina, ci si chiude dentro come in un sepolcro e ne esce al suono di fine lezioni. Nessuno lo vede mai percorrere i corridoi o frequentare la mensa. L'unico di noi che è entrato nel sepolcro è Guerra: aveva sfoltito i capelli a una compagna di classe con un taglierino e il preside lo aveva convocato. Pare che abbia sospirato a lungo, di disprezzo, e poi lo abbia torchiato di brutto per conoscere le ragioni del suo gesto, come se fare lo scalpo a una ragazza potesse avere delle ragioni che valeva la pena valutare. Dicono che il preside abbia uno schedario con le assenze di tutti, i ritardi e le note disciplinari, una specie di casellario giudiziale privato. Guerra dice che Fusco percorreva avanti e indietro i pochi metri quadri a sua disposizione alla maniera del *Cattivo tenente*, ma era tutto un po' patetico perché avevano entrambi la mascherina ed erano avvolti in una nube di sterilizzante. La finestra era spalancata, anche se fuori c'era una nebbia umida e gelata e si moriva dal freddo.

Poi Guerra era tornato in classe e ci aveva detto che era stato sospeso. Aveva parlato con fierezza ma si vedeva lontano un miglio che cercava di non piangere.

In ogni caso, quando il preside è arrivato a darci la notizia del ritrovamento di Costa, eravamo già un passo avanti: avevamo escluso il suicidio e ristretto il campo dei possibili moventi. Fusco, del resto, era agitato, continuava a sfregare le mani in una salviettina umidificata e dopo un paio di frasi di circostanza non aveva piú niente da dire.

Cosí ci ha comunicato che doveva tornare nel sepolcro. Non con queste parole, ma il senso era quello. Ne aveva già piene le palle di quella vicenda. I poliziotti erano stati nel suo ufficio per fargli delle domande. Certamente avevano toccato un po' in giro, apparentemente in modo distratto, come fanno i poliziotti. Una cosa che doveva averlo mandato ai matti.

– È meglio che vada, – ha detto allora il Cacasotto.

Ma prima voleva dirci un'ultima cosa. E cioè che Lorenzo Costa, la sua professionalità e la sua passione lasciavano un vuoto incolmabile. Avevamo annuito, perché quando uno muore diventa subito una persona piú necessaria di quanto non fosse in vita.

Fusco aveva gli occhi lucidi dietro le lenti degli occhiali. Anche la professoressa Moser se ne era accorta. Gli ha sfiorato la manica della giacca e lui ha avuto un fremito: il contatto con un altro essere umano, incubatore di chissà quali contaminazioni, eccitava la sua ipocondria e lo metteva a disagio.

Non so dove ho trovato l'energia per fare questo ragionamento, ma ho pensato che le lacrime di Fusco non avessero a che fare con la tristezza o la commozione, piuttosto con un senso di sollievo. Cacasotto piangeva di sollievo per quello che era successo a Lorenzo Costa: perché quando la morte arriva cosí vicina, ti senti sempre uno sfiorato. Con un calcolo approssimativo, escludendo teorie piú sofisticate come il paradosso del compleanno o il gatto di Schrödinger, Fusco poteva aver stabilito che le probabilità che un nuovo evento tragico si abbattesse, a breve, tra la popolazione del liceo Gramsci, erano molto molto basse.

Prima di uscire dalla classe, ci ha guardati uno a uno, socchiudendo le palpebre e annuendo perché ci facessimo coraggio. Quando i suoi occhi hanno incrociato i miei ho pensato che per me fosse finita, ma invece non si è accorto di niente.

Mica ti accorgi di niente quando incroci gli occhi di un assassino.

Nell'intervallo ne ho parlato con Emma. Mi sono limitato ad affrontare la questione delle lacrime e del sollievo del preside, si intende.

– Cavoli se sei contorto, – ha detto lei.

8.

I due vecchi della spiaggia erano marito e moglie. Ai giornalisti hanno raccontato di aver sistemato le sedie a sdraio vicino all'acqua, di essersi tolti le scarpe e le calze, di averle infilate in un sacchetto di plastica e di aver appeso il sacchetto a una delle sedie. Hanno aggiunto che se ne stavano lí a godersi il fresco, tenendosi per mano. Mi ha colpito questo fatto: non capita spesso di vedere vecchi che si tengono per mano. La moglie ha detto che era il loro anniversario di matrimonio, su quella spiaggia si erano incontrati cinquantadue anni prima, era lí che ogni anno tornavano a festeggiare.

A ogni anniversario mio padre arriva con un regalo per mamma. Entra in casa con le guance rosse di eccitazione e poi si spegne nel tragitto tra la porta d'ingresso e il soggiorno. A quel punto, regolarmente, dice: «Forse non è abbastanza romantico. L'ho preso perché pensavo che ti avrebbe fatto comodo, ma ora mi accorgo che non è per niente romantico». Suggerisce di metterlo da parte, di scartarlo in un'altra occasione, di uscire a prendere qualcosa di piú poetico. E l'attesa, la sorpresa, la festa, se ne va tutto a puttane.

Comunque la vecchia, che non ha tralasciato nemmeno i minimi particolari, ha raccontato che ogni tanto allungava un piede nell'acqua gelata e lanciava uno strillo, mentre lui se ne stava a occhi chiusi a prendere il sole. Poi lei ha visto il cadavere e ha urlato piú forte. La corrente aveva portato il corpo fino a un punto poco profondo del fiume, dove si era agganciato a un ramo, e ora se ne stava lí a danzare nella corrente. La faccia in giú, la camicia aperta e gonfia, come due ali sulla superficie del fiume. Aveva una scarpa sola, l'altra si era persa. Il vecchio è entrato in acqua mentre la moglie gli gridava di stare attento, di non rischiare cosí alla sua età: fosse stato per lei lo avrebbero lasciato dov'era, tanto era chiaro che non si poteva piú fare molto per lui. Ma il vecchio nemmeno ascoltava e con l'acqua fino alla cintola ha iniziato a camminare verso il cadavere, rischiando di scivolare a ogni passo. Lo ha preso per la mano e lo ha trascinato a riva.

Ora alcuni potrebbero obiettare, appellarsi al caso o sostenere che, materialmente, non c'erano le mie impronte su quel cadavere. Ma c'è stata una sequenza di eventi – A, B, C – e ignorandola peccherei di eccessiva benevolenza verso me stesso, perché se vado a ritroso con la cronologia dei fatti, posso spiegare come l'evento C sia accaduto per via dell'evento B, che a sua volta potrebbe definirsi una funesta conseguenza di A.

A è scaturito da me.

Il 16 maggio, due giorni prima del ritrovamento, Lorenzo Costa era entrato in classe con l'aria stanca. Aveva occhiaie scure, sembrava reduce da una notte difficile. Si vedeva che non aveva nessuna voglia di perdere tempo con noi. Prima di sedersi, aveva cercato a lungo qualcosa, tastandosi le tasche e frugando sul fondo dello zaino e del borsone del nuoto, senza trovarlo. Costa perdeva sempre tutto: una volta era la penna, l'altra l'agenda o il libro di testo; ci eravamo abituati. Arrivava in classe e rovesciava il contenuto dello zaino sulla scrivania. Rovistava nel borsone, disperdendo nell'aria l'odore del cloro della piscina. Poi rinunciava e si metteva a fare lezione. Quel giorno aveva farfugliato che aveva perso le chiavi del furgone e che era una mattinata di merda.

Non immaginava quanto di merda potesse diventare la serata.

Sei lí che diventi pazzo a cercare qualcosa che hai perso e dodici ore dopo galleggi a faccia in giú in un fiume.

Io ero molto nervoso per una questione che riguardava mia madre. Avevo mal di testa, non riuscivo a stare fermo. Pioveva a dirotto e Costa era arrivato in classe coi capelli fradici. Guardavo le sue dita scansare dalla faccia un ciuffo che continuava a ricadergli sugli occhi. Speravo che accadesse qualcosa: un miracolo o una catastrofe, qualcosa di grosso. Due alienati che entravano coi fucili in mano, come nel film *Elephant*, e si mettevano a sparare all'impazzata. La guerra. Una veggente, una che aveva imbrogliato un bel mucchio di fedeli ed era poi scappata con la cassa, sosteneva che la guerra tra i russi e gli ucraini sarebbe arrivata in Italia. E allora che arrivasse in fretta, pensavo. Anche un'apocalisse poteva andare bene. Andava bene qualunque cosa fosse in grado di ridimensionare la tristezza che provavo.

Costa parlava di Ofelia, che soffriva perché l'uomo che amava l'aveva rifiutata e le aveva pure fatto secco il padre, di conseguenza non ci stava piú tanto con la testa. Era scivolata in un torrente mentre raccoglieva ranuncoli e, invece di rialzarsi e uscirsene da lí in fretta, era rimasta a cantare distesa nell'acqua, i vestiti che si gonfiavano e diventavano pesanti come macigni. Costa ci aveva mostrato un'immagine del quadro di Millais e ci aveva letto un passo dell'*Amleto*.

La morte di Ofelia era già abbastanza penosa di suo, ma poi Costa aveva raccontato un'altra storia ancora piú disgraziata.

Io ero agitato. Emettevo strani grugniti, sospiravo. Il professore si è interrotto e mi ha puntato gli occhi addosso.

«Posso fare qualcosa per lei, signor Astori?»

Sí, crepare, ho pensato.

La modella che si era scelto Millais si chiamava Lizzie, aveva ventidue anni e restava per ore immobile in una vasca piena d'acqua, in modo che il pittore potesse riprodurre l'immagine precisa di un'annegata. Era inverno e la vasca era riscaldata dalle candele. Poi le candele si erano spente e lei era rimasta distesa nell'acqua gelata come se niente fosse.

Millais era stato costretto a sborsare un bel po' di soldi per farla curare, ma la polmonite non se ne era andata.

Quando alla fine era morta, nessuno aveva saputo dire se fosse stato il laudano che prendeva per il dolore o l'acqua che le riempiva i polmoni. «Spero per lei che fosse il laudano, – ha detto Costa. – E non quel lento annegare in se stessa».

Mi chiedevo che cosa ci trovasse mia madre in uno cosí, cosa ci trovassero tutte. Scrutavo lo sguardo, il modo che aveva di passarsi le mani nei capelli o di allungare le gambe sotto la scrivania. Cercavo le tracce della sua sensualità, e non è che ci volesse una laurea per riconoscerle.

Si era tolto la giacca inzuppata di pioggia, la camicia blu che indossava lasciava intuire i suoi bei muscoli da nuotatore: sembrava la pubblicità del testosterone, sapeva raccontare storie, citava Marx e i preraffaelliti, spesso citava se stesso: «Come dico sempre io», diceva. Non ne sono certo, ma credo che piacere a qualcuno costantemente impegnato a piacersi possa farti sentire speciale.

La lezione di Costa era all'ultima ora. Sono uscito ed Emma era lí ad aspettarmi. Come sempre, era schizzata fuori al suono della campanella. Aveva notato un posto nuovo, un hawaiano, non distante da scuola. Aveva visto il menu, prezzi accessibili alle nostre tasche. Potevamo andare a provarlo, ha suggerito, mi ha appoggiato il braccio attorno al collo e mi ha sfiorato il viso coi capelli umidi di pioggia. In un altro momento avrei obbedito senza esitare, inseguendo il profumo di vaniglia dei suoi vestiti, ma quel giorno era diverso. Mi muovevo come in un sogno.

Il pomeriggio del giorno prima mia madre era tornata a casa piangendo come una fontana. «Cosa succede?» le avevo chiesto. Senza rispondermi era corsa in bagno e si era chiusa a chiave. Chiudersi in bagno a singhiozzare stava diventando una costante nella mia famiglia, il prossimo sarei stato io. Avevo cercato di guardare attraverso la serratura della porta ma c'era la chiave inserita che mi impediva di vedere.

L'avevo sentita piangere per un po', poi non avevo sentito piú niente e mi era presa paura. Avevo bussato e avevo chiesto se andava tutto bene. «Sí, sí, – aveva detto lei, – ho solo litigato con zio Ivan».

Tutti litigano con zio Ivan, che blatera in continuazione di complotti e disprezza il successo degli altri. Che poi, a mio avviso, è solo un modo per disprezzare il proprio insuccesso senza darlo a vedere. Tutti, prima o poi, hanno voglia di dirgli: Senti, vattene un po' affanculo. Ma non mia madre: lei, inspiegabilmente, continua a vedere del genio in lui. Quindi quella storia non stava in piedi. Se piangeva era per colpa di Costa.

Cosí quel giorno, a fine lezione, ho deciso di seguirlo. Lo avevo già fatto tante altre volte, ero diventato un professionista del pedinamento. Questa volta però lo avrei affrontato, gli avrei detto che doveva lasciarci in pace. Gli avrei raccontato la storia degli alberi. Che le famiglie sono come alberi. E lui era il parassita che stava infettando le nostre radici.

La pioggia poteva essere un vantaggio. Ho sollevato il cappuccio della felpa, mi sarei mimetizzato piú facilmente. Camminava cinque o sei passi avanti, il cellulare in una mano, il borsone del nuoto sulla spalla. Indossava una giacca impermeabile e sembrava che non gliene importasse niente, di bagnarsi. Aveva jeans sbiaditi e un paio di sneakers. Camminava lento, si fermava al giallo dei semafori, quando avrebbe potuto accelerare il passo, e parlava al telefono a bassa voce ma in modo concitato. Era troppo distante da me perché potessi sentire cosa diceva. I capelli bagnati gli si erano divisi sulla nuca, una nuca sottile, sembrava quella di un ragazzo. Avevo freddo e avevo paura che si voltasse e mi vedesse, ma piú di tutto lo desideravo, che si voltasse e mi vedesse, cosí l'avremmo fatta finita. Ha atteso il verde a un semaforo e poi ha svoltato nella via dei portici, ho rallentato istintivamente e ho allungato la distanza.

Si è seduto al tavolo di un dehors, con le spalle a una colonna, e ha ordinato un caffè. Con il telefono sempre incollato all'orecchio, sospirava, si mordeva il labbro superiore, si passava una mano sulla fronte, sembrava esasperato, ma con la testa continuava ad annuire. Io mi sono fermato poco distante, le spalle e un piede appoggiati al muro, fingendo di giocare col cellulare. Ogni tanto sollevavo la faccia e lo guardavo. Avrebbe potuto vedermi e riconoscermi in qualunque momento, ma sembrava troppo preso a parlare e a tenere d'occhio l'altro lato del portico. Forse aspettava qualcuno.

Infatti è arrivata una donna, carina, avrà avuto quarant'anni, forse qualcosa di meno, non aveva trucco e indossava anche lei una giacca impermeabile. Costa ha chiuso la telefonata in fretta e furia e poi le ha sorriso, lei si è seduta al tavolo e ha ordinato un caffè. E da quel momento non hanno piú smesso di sorridersi e di parlarsi a distanza molto ravvicinata. Costa le accarezzava un braccio e il viso e anche la pancia, mentre io provavo una rabbia che avrebbe potuto esplodere come una supernova, dissolvere i tavolini del dehors, i portici, la piazza, deformare il pianeta, trascinare tutto nel suo buco nero.

Nei giorni successivi, ho visto la foto di quella donna su tutti i giornali. L'ho vista fotografata all'uscita dall'obitorio. La moglie incinta di Lorenzo Costa. Ma quel giorno, per me, era solo una povera cretina cascata nella rete, come mia madre e chissà quante altre. Quando si sono alzati e si sono allontanati dal bar tenendosi per mano, ho ripreso a seguirli. Fino all'ingresso della piscina, dove Costa e la donna si sono salutati. Lui la guardava allontanarsi, lei si è voltata, lo ha salutato ancora, muovendo le dita che poi si è portata alle labbra per mandargli un bacio da lontano.

Costa ora se ne stava fermo all'ingresso della piscina, sotto la pioggia che scendeva a tratti, e io ero a pochi passi da lui, dalla sua schiena, ha spinto leggermente la porta vetrata, ho sentito la zaffata di cloro, sembrava indeciso se entrare o meno. Poi si è voltato e mi ha guardato. Non sembrava sorpreso, forse sapeva che mi avrebbe trovato lí. Non sembrava nemmeno a disagio. Io e lui, in quella luce metallica, a guardarci negli occhi, come in un film di John Ford. Chi avrebbe sparato per primo?

Ho sparato io per primo.

Atteniamoci ai fatti, direbbe un pubblico ministero. Ma un'analisi dei fatti, che finirebbe per scagionarmi dall'omicidio del professor Costa, obbedisce a una logica superficiale, che si ostina a cercare i confini della natura e non riesce a vederne la vastità. È stata una coincidenza, direbbero. Non credo proprio.

C'è un grosso equivoco sulla mia persona. Non sono buono, sono una belva ammaestrata dalla sorveglianza apprensiva di mia madre e dall'amore pedante di mio padre.

Mi conformo alle aspettative, cerco di non disturbare, mi sintonizzo sulle frequenze degli altri, e in questo modo evito il giudizio, mi nascondo, lascio che contemplino la mia magrezza e i miei tratti delicati, Ah come si vede che è un bravo ragazzo.

Se solo potessero guardare cosa c'è nella mia testa.

Fissavo Costa negli occhi e, dio, come mi faceva male quella mia testa in cui nessuno guarda. L'avrei infilata in una ghigliottina, l'avrei fatta saltare con la dinamite. E intanto pensavo che volevo che quell'uomo sparisse per sempre dalle nostre vite, ma non mi bastava che sparisse, volevo che soffrisse, anzi, volevo che morisse. Se fosse morto, il mondo sarebbe stato un posto migliore. E insomma, c'era stata quella lezione su Ofelia e l'immagine di lei, dell'acqua che le riempiva i polmoni, mi si era incollata addosso, ci pensavo in continuazione, vedevo Ofelia annegare, sentivo il suo respiro trasformarsi in rantolo, il suo petto sollevarsi per lo sforzo e poi rinunciare, arrendersi alla morte.

Costa stava entrando in quella stupida piscina e ho pensato: Voglio che muori, come lei.

E cosí è stato.

9.

Papà, in quel periodo, non faceva che partire. Diceva che doveva chiudere alcune faccende di lavoro prima di licenziarsi e dedicarsi alla sua invenzione. Quindi, piú del solito, mi ritrovavo solo con mia madre. Come la sera prima che Costa morisse, quando lei si è chiusa in bagno a piangere. E la notte dopo, la stessa in cui il suo amante annegava nel fiume, e lei era tornata tardi perché si era fermata da zio Ivan a bere e a fumare di brutto. Se solo mamma avesse potuto immaginare che in quelle ore i suoi sogni stavano per diventare mangime per pesci. Erano le undici, quando mi ha chiamato.

«Che fai?» mi ha chiesto.

«Che fai tu?» le ho chiesto io.

«Sono con zio, beviamo una cosa e torno».

Aveva la voce alterata.

Piú tardi l'ho sentita vomitare in bagno.

Meno male che papà non c'era, altrimenti sai che casino sarebbe venuto fuori.

È brutto pensare male dei parenti, ma zio ha una pessima influenza su mia madre. E poi, cosa puoi pensare di uno che dalla vita prende solo legnate e dice che la colpa è del mondo, e non del suo modo parassita di abitarlo?

Ci ho pensato tante volte: come puoi sentirti quando sai che eri lí a bere e a fumare e a perdere tempo, mentre qualcuno che amavi stava morendo? Passerai gli anni che ti restano a chiederti come sarebbe potuta andare se avessi, per dire, fatto il suo numero, una chiamata al momento giusto, quelle dita che invece di stringere un bicchiere digitano un numero di telefono e la persona che ami risponde, anche se ha una moglie e dovrebbe nascondere il telefono sotto il cuscino o buttarlo giú dalla finestra, ma invece risponde, e finisce che arriva tardi al suo appuntamento. E la morte, che si è rotta il cazzo di aspettare, se ne è già andata a prendersi qualcun altro. O magari no, lui non risponde alla tua chiamata. Magari nasconde il telefono sotto il cuscino o lo butta dalla finestra e tutto va come deve andare, ma almeno sai che ci hai provato. Invece, per il resto della vita, ti toccherà pensare che lui stava morendo e tu non hai fatto niente di niente di niente per salvarlo.

La vita è maledettamente crudele con chi resta.

Comunque, pensavo che era una fortuna che papà fosse impegnato a far soldi e a chiudere faccende, in quei giorni. Meno girava per casa, meno vedeva in che stato eravamo ridotti io e mia madre. Metteva in valigia pochi vestiti e molte medicine. Sotto la pila di camicie nascondeva tavolette di cioccolata al latte e biscotti, che gli erano stati vietati. La sua salute era peggiorata, me ne ero accorto anche se lui evitava di parlarne. Portava con sé fiale di insulina per la glicemia alta, statine che gli abbassavano il colesterolo e gli moltiplicavano i crampi. Il magnesio e la melissa gli servivano perché era rabbioso. I fermenti lattici per la disbiosi. L'aloe per le afte.

Il fosforo e un sacco di vitamine perché non ci stava piú tanto con la testa e dimenticava tutto. La ricetta medica con cui si presentava in farmacia a fare rifornimenti era sgualcita e lui l'abbandonava sempre in un posto diverso. Quella ricetta si spostava per casa come se avesse avuto un paio di gambe. Credo che papà la lasciasse in giro apposta, per ricordarci che non stava bene ma che non ce lo faceva pesare. Se esistesse una disciplina olimpica sull'uso del senso di colpa, la mia famiglia sarebbe tra i primi classificati.

Mamma prendeva la ricetta, faceva finta di niente e la riponeva nel cassetto del comodino.

Il giorno dopo il riconoscimento di Costa, papà aveva di nuovo preso il largo e la sera mamma è venuta a dormire nella mia camera, perché nella sua c'era zio Ivan.

Il problema di quel campione di parassitismo e vittimismo isterico che è mio zio era il seguente: i vicini avevano denunciato la piccola piantagione di marijuana che coltivava sul balcone e la padrona di casa lo aveva sfrattato. Finiva sempre che, per qualche ragione, zio veniva sfrattato. In genere succedeva perché i padroni di casa avevano pretese illogiche come il pagamento dell'affitto. E cosí, «giusto per qualche giorno», il fratello di mia madre avrebbe poltrito fino a tardi sul nostro divano e poi sarebbe andato a cercarsi un nuovo appartamento, che avrebbe trovato troppo piccolo, troppo caro, troppo buio, troppo periferico per le sue esigenze. Ce lo saremmo tenuto tra i piedi per un po'.

Dormire con mia madre, dopo quello che era successo, mi metteva in agitazione. Avevo un bisogno disperato di farmi consolare da lei, ma era l'ultima cosa che potevo fare, visto che ero stato io a renderla infelice. Sotto il mio letto c'è un materasso estraibile, che una volta tiravamo fuori quando papà era in viaggio. Mettevamo i due materassi a contatto: «Resto solo fino a quando non ti addormenti, poi torno nel mio letto», diceva mamma. Ma poi finiva che dormivamo vicini tutta la notte. Il suo sguardo su di me pieno di meraviglia, come se dormisse accanto a un ippogrifo o un unicorno.

Ormai era da molto tempo che non dormivamo cosí, e quella non era proprio la sera giusta per rispolverare vecchie abitudini. Mi sono spostato sul bordo del letto, verso il muro, per non rischiare di avvicinarmi e toccarla nel sonno.

È stata lei ad avvicinarsi, rigirandosi. Dormiva profondamente. La sentivo respirare, sentivo l'aria che le vibrava sotto il palato. Si è spostata verso il mio materasso e mi ha posato una mano sul fianco. Quella mano sul mio fianco. Rumore di motori alimentati a plutonio, fumo, una striscia di fuoco: quella mano era una DeLorean che mi stava scaraventando indietro nel tempo.

Finisco in un pezzo di mondo incorniciato in una fotografia. Cerco di orientarmi, siamo nella mia camera, riconosco i coralli e i pesci esotici della tappezzeria. Se mi volto vedo il letto a una piazza, con il cassettone che contiene il secondo letto estraibile.

Chi ha scattato quella foto? Forse è un autoscatto. Sono in braccio a mio padre e ho l'indice e il medio della mano a V, come chi ha vinto qualcosa. Mamma ha la testa appoggiata al mio fianco e sorride.

Sono appena tornato dall'ospedale, dove ho lasciato le mie tonsille barattandole con una bici spaziale, telaio e forcella in alluminio, freni a disco, pneumatici dalla massima tenuta. A mio modesto parere, un ottimo affare.

Ho sei anni, la sera mi metto a letto e faccio finta di dormire. A turno mio padre e mia madre si avvicinano e mi baciano gli occhi chiusi. Devo indovinare a chi appartiene quel bacio. Le labbra di mamma sono morbide e leggere, papà mi stampa un bacio pesante e ruvido di barba. Faccio finta di sbagliare per sentirli ridere come matti.

«Da piccolo non facevi che ridere», dice sempre mia madre. «Da dove arriva tutta questa rabbia che hai dentro?» «Dimmelo tu», le rispondo.

Mamma si era mossa di nuovo nel sonno. Era cosí vicina che sentivo il suo profumo, un misto di creme e odore di lavanda del pigiama, e io sono finito in un altro tempo e in un altro luogo.

Ho nove anni e nessuna voglia di andare in gita scolastica, perché sono un bambino solitario e mi vergogno di tutto. Convoco la mia famiglia e annuncio di essere irremovibile nella decisione di non partire. Vedo mio padre infilarsi nel ripostiglio e uscirne con una scatola che contiene un tesoro. Vedo mia madre che gli sfiora la guancia e gli sussurra qualcosa all'orecchio. Dalla scatola escono un Game Boy, un iPod 1, un Nintendo 64. Posso sceglierne uno, sarò l'eroe della gita. Il mattino dopo salgo sul pullman con il mio passe-partout per una ricca e appagante vita sociale chiuso nello zaino. Guardo i miei genitori dal finestrino. Sorridono e si tengono per mano. Mio padre urla qualcosa, nel pullman c'è un gran frastuono, gli faccio segno che non riesco a sentire. Lui gesticola e scandisce le parole perché io possa leggere il labiale: «Siamo una bella squadra», dice.

Poi ho dieci anni. Papà ha cambiato lavoro e guadagna di piú. In famiglia arriva Pablo, che piscia dappertutto e devasta qualunque cosa gli capiti a tiro, ma porta un'allegria mai provata prima. Coi nuovi soldi di papà, la casa si riempie di oggetti. Mobili di design, utensili, nuove tecnologie, altri mobili e utensili collegati alle nuove tecnologie. È cosí che mio padre costruisce una versione *pro* del nostro mondo, per renderlo piú performante e quindi piú felice. Mamma si occupa di spolverarlo, riordinarlo, mantenerlo accogliente: i fiori freschi nei vasi, le torte nel forno, Hai preso le vitamine?, Non fare il matto in auto, Fammi sentire la fronte, avrai mica la febbre?

Il giovedí sera abbiamo ospiti. Portano dolci e bottiglie di vino, poi giocano a burraco fino a tardi. Gli amici invidiano la nostra casa, che piú che una casa è una camera iperbarica dove tutto sembra pensato per generare felicità.

Nel letto cercavo di occupare il minor spazio possibile, la DeLorean mi scaraventava avanti e indietro nel tempo. Sentivo un braccio formicolarmi. Mi formicolava perfino la fronte che premevo contro la parete. Avevo bisogno di cambiare posizione, ma il braccio di mamma era sempre nella mia parte di letto. Con un piede, gliel'ho spinto via. Lei ha mugugnato qualcosa nel sonno e si è voltata, la DeLorean è ripartita a razzo e all'improvviso qualcuno stava staccando la tappezzeria coi fondali marini, rasava il muro e ci passava una mano di pittura color crema.

Ho dodici anni e i miei genitori decidono che ho bisogno di una stanza che rispecchi i gusti e le esigenze di un preadolescente. Pensano che la mia solitudine sia risolvibile con pochi mirati accorgimenti. Non ho voglia di spiegare che il problema sono io e che i coralli e i pesci pagliaccio sono ininfluenti.

In ogni caso la carta da parati sparisce.

Io continuo a passare i pomeriggi chiuso in camera, da solo, circondato da pareti ospedaliere.

Poi ho tredici anni e la camera iperbarica in cui viviamo ha smesso di funzionare, ma ci mettiamo un po' prima di accorgercene. Forse c'è un'anomalia da qualche parte, qualcosa che ha intasato le valvole, perché ho l'impressione che ci sia sempre meno ossigeno. Quello che rimane, ce lo togliamo a vicenda.

Credo che mio padre e mia madre abbiano semplicemente smesso di amarsi. O, piú probabilmente, è mia madre che ha smesso. E il risultato è questo procedere sghembo e asimmetrico di noi tre, che non siamo piú una bella squadra, siamo l'opposto di una bella squadra, siamo tre solitudini che cercano di salvarsi.

Hanno cominciato a litigare e peggio ancora, a tacere. Non hanno piú voglia di ascoltarsi, cosí ascoltiamo ossessivamente la radio e la televisione. Io mi limito a odiarli entrambi, perché a me quella bella squadra che eravamo manca da pazzi, ma piuttosto che dirlo mi farei tagliare il cazzo e lo darei in pasto al cane. Piuttosto che prenderli da parte e chiedergli: Ehi, che cazzo sta succedendo?

Allora dico: «Divorziate? Quand'è che divorziate?»

A quel punto, la DeLorean aveva finito le scorte di plutonio e mi ero addormentato. In sogno, suonano alla porta e un uomo in divisa mi dice che sono in arresto. Sono innocente, urlo io, non potete arrestarmi, non voglio andare in carcere. E lui mi chiede: Perché fai tante storie? Che cos'hai da perdere?

La mattina dopo non erano nemmeno le sette e mamma era già seduta con zio. Li spiavo dal corridoio perché non avevo né voglia né tempo di farmi coinvolgere nelle loro chiacchiere.

Bevevano caffè e mangiavano mandorle tostate, mamma teneva una sigaretta spenta tra le dita.

– È troppo intelligente, – ha detto zio. – Quel cervello che ha: troppo ingombrante. Sfido che poi gli viene mal di testa. Mi spiace per lui.

Si riferiva al sottoscritto. La sera prima, a cena – papà era via, l'ho detto, eravamo solo noi tre – avevo comunicato di aver vinto le selezioni per le Olimpiadi di matematica. Avevamo brindato ma facevo fatica a stare seduto a tavola, avevo la testa che mi scoppiava ed ero pallido come un lenzuolo. Zio ha detto che sembravo la pubblicità del disagio giovanile.

– Cosa significa: mi spiace per lui?

– Dovrebbe scopare.

– Gesú, Ivan, ha solo sedici anni. Tu, dovresti scopare. Trovarti una brava ragazza che ti ami. Alzarti da questo divano e trovarti una ragazza, anzi una moglie, ecco cosa dovresti fare.

Poi mamma ha detto che non era giornata, che non aveva né la voglia né l'energia per fare certi discorsi, doveva pensare un momento a se stessa. Si vedeva che tratteneva le lacrime. Zio non sembrava nemmeno ascoltarla.

– Non è una fortuna. Essere troppo intelligenti porta guai. Ne hai un esempio davanti agli occhi, – ha detto.

– Prenditela con quella merda che fumi, non con la tua intelligenza.

Non volevo essere come zio Ivan. Solo mia madre poteva vedere in suo fratello qualcosa di buono. Mister Simpatia era finito sul nostro divano perché non aveva un amico disposto a ospitarlo, e nemmeno una donna. In generale, non aveva né amici né donne.

– Riconosco quelli della mia categoria, – ha aggiunto poi. – Stessa faccia stessa razza. E ti assicuro che non è una categoria di gente felice.

Subito dopo ha iniziato a lamentarsi per lo zucchero di canna, il retrogusto dello zucchero di canna, la lobby radical chic dello zucchero di canna.

Beveva il suo caffè e a ogni sorso faceva una smorfia. Non capiva perché non comprassimo dello zucchero bianco e proletario.

10.

Hanno cenato in un ristorante di Borgo Dora: Lorenzo Costa, la moglie Sofia e una coppia di amici, anche loro insegnanti del Gramsci. Sono stati gli stessi amici a raccontarlo agli inquirenti e, piú tardi, a ripeterlo nei corridoi della scuola, a beneficio di tutti. Nessuno ha ecceduto nel vino, hanno detto: una bottiglia in quattro, e Costa sembrava quello di sempre, loquace come al solito, forse solo un po' piú stanco. C'era un tizio che strimpellava una canzone di Rino Gaetano e a Costa le note alte limavano i nervi. Si lamentava di quello, e che nessuno arrivava a servirli.

Poi il suo cellulare ha squillato, lui si è alzato dal tavolo e ha detto che andava fuori a rispondere perché nel ristorante il telefono non prendeva bene.

Passeggiava avanti e indietro sul marciapiede, e fumava una sigaretta via l'altra, e quando è tornato sospirava, come stremato. Qualcuno aveva finalmente ritrovato le chiavi del furgone che aveva perso, gli erano cadute da una tasca nel corridoio della scuola. Doveva recuperarle.

«A quest'ora? – hanno chiesto gli amici. – Non puoi recuperarle domani?»

«Non è tardi, sono solo le nove e mezza», ha detto lui.

«Chi le ha trovate?»

Costa ha fatto il nome di un collega, un certo Martin Watts, professore di inglese. Ci avrebbe messo pochissimo, avrebbe recuperato quelle dannate chiavi e li avrebbe raggiunti piú tardi. Ma anche la moglie è sembrata stanca e ha detto che non avrebbe continuato la serata con gli amici in un altro locale, sarebbe tornata a casa ad aspettare suo marito.

Costa ha ordinato un caffè prima di uscire. Si è incamminato a piedi verso la fermata del tram, con una mano teneva la borsa del nuoto.

Come i due vecchi della spiaggia, gli amici di Costa non facevano che raccontare. E ogni volta il racconto si arricchiva di nuovi particolari, scommetterei che hanno visto la prima stagione di *True Detective*.

Intanto era passata una settimana dalla morte del professore e zio Ivan aveva sostituito mia madre in camera mia dopo il ritorno di papà. Passava molte ore a letto. Indossava una maglietta e i pantaloni del pigiama. Si sentiva stanco e aveva bisogno di riposare, diceva. Ma stanco di cosa? A volte infilava un paio di scarpe da ginnastica e scendeva al bar a prendersi da bere. Per tradire l'attesa, diceva. Ma cosa stava aspettando?

Io me ne stavo il piú possibile alla larga: dicevo ai miei che andavo a studiare da amici. Erano contenti che avessi iniziato a socializzare. Papà mi metteva una mano sulla spalla e premeva leggermente con le dita. – Quali amici? – chiedeva. Facevo nomi a caso. Voleva un numero di telefono dei compagni che frequentavo: – Se ti capita qualcosa, non sappiamo nemmeno dove cercarti.

Io e zio parlavamo poco, lo stretto necessario, ma appena poteva lui mi faceva domande su Costa, chiedeva se ero turbato, voleva sapere che si diceva a scuola, se noi ragazzi eravamo stati coinvolti nelle indagini. Rispondevo a monosillabi, balbettando, temevo di tradirmi. A mia madre zio diceva: – Nico l'ha presa male –. E lei rispondeva: – Allora smettila di parlargliene, sei morboso.

Papà e mamma non accennavano mai alla morte di Costa, non in mia presenza. Ma avevano un'aria strana, si muovevano in modo strano, come se contenessero nitroglicerina.

Io continuavo a lasciare tutto a metà. All'improvviso smettevo di fare quello che stavo facendo e andavo a digitare il nome di Costa su Google, gesto che ogni volta mi procurava un'emicrania da staccarmi la testa, per la paura che qualcuno, nella rete, mi stesse spiando.

Almeno due volte al giorno digitavo anche il nome di mia madre. Sapevo che non c'erano prove contro di me, ma il fatto che Lorenzo Costa avesse un'amante poteva venire fuori da un momento all'altro.

A parte Emma, non avevo amici né compagni con cui studiare. E il mio unico obiettivo era diventare invisibile anche con lei. «Mi stai evitando?» mi scriveva.

Certo che la evitavo. Accuratamente. Emma riesce a guardarmi dietro agli occhi, a vedere se qualcosa mi si contorce dentro.

Dopo la scuola prendevo la bici e andavo a farmi un giro. Arrivavo a Porta Palazzo, dove a quell'ora, ogni giorno, smontano il mercato. Nell'aria c'era l'odore pungente della frutta e del pesce rimasti al sole per l'intera mattina. Raggiunta la piazza studiavo la situazione degli spazi liberi e di quelli ancora ingombri. Poi spingevo sui pedali, prima il destro poi il sinistro, partivo, lasciavo il manubrio e procedevo a zig-zag tra i banchi e i cumuli di cassette, le braccia spalancate come due ali: sarebbe bastato poco, una cassetta abbandonata dopo una curva, qualcuno che spuntava all'improvviso da dietro un banco, e sarei volato in aria. E le mie ali non sarebbero servite a niente.

Una volta ho preso un treno regionale diretto a sud. Sono salito e mi sono afflosciato sul primo sedile libero, vicino al finestrino. Il treno passava accanto ai palazzi e alle strade, a velocità moderata, e con un po' di fortuna riuscivo a intravedere ombre che si muovevano al di là di una finestra, qualcuno alla guida di un'auto, madri e figli in un parco giochi, gente che usciva da un supermercato con le borse della spesa, un vecchio e il suo cane che attraversavano un campo. Immaginavo che avessero vite normali, ordinarie, ma che ognuno di loro – tranne il cane e i bambini del parco – potesse avere qualche peccato con cui fare i conti, o una malattia o il cuore fracassato da un amore. E quelli che, come me in quel momento, li guardavano da lontano o gli passavano accanto e li sfioravano, mica lo sapevano che erano spezzati. Avere dentro qualcosa di rotto non è come camminare nudi.

Sono tornato a casa prima di cena.

– Ti sei divertito? – ha chiesto mia madre.

– Un casino, – ho risposto.

Quel breve viaggio in treno è stato la prova generale della mia fuga. Se la relazione tra Costa e mia madre fosse finita sui giornali, tutto sarebbe precipitato e io sarei diventato la leggenda del liceo Gramsci. Che cos'altro avrei potuto fare se non sparire?

Sarei andato ancora piú a sud. Siracusa mi sembrava un buon posto per iniziare una nuova vita. Millenovantatre chilometri, in treno. Non avrei piú dato notizie di me. Avevo un piano.

Sapevo dove i miei genitori tenevano i contanti e le carte di credito, ma usare una carta mi avrebbe reso tracciabile. Dovevo farmi bastare il denaro liquido che sarei riuscito a racimolare. Altri soldi li avrei recuperati a casa di nonna. Non andavo mai a trovarla, la sentivo al telefono una volta alla settimana, le dicevo: «Vengo presto», ma poi non andavo. È cosí vecchia, con la pelle secca dei vecchi, piena di macchie scure, un odore dolciastro e vagamente rancido che mi resta nel naso per tutto il giorno. Nonna mi regalava cinquanta euro, cento se era in buona. «Prendili da te, tesoro, – mi diceva, – sono troppo stanca per alzarmi, ho male dappertutto». Mi mostrava i piedi, le dita che si stavano deformando per l'artrite. I soldi, nonna, li tiene nel freezer, dentro una scatola di piselli: pensa di imbrogliare i ladri in questo modo.

Avevo già ucciso un uomo, rubare mi sembrava una cosa da nulla.

Mi servivano alcune migliaia di euro per pagare il biglietto e sopravvivere qualche mese, il tempo di guardarmi attorno e trovare un mestiere mio. Non un impiego regolare, con un contratto e i dati anagrafici inviati all'Agenzia delle entrate, chiaro. Ma qualcuno disposto a sfruttarmi senza fare troppe domande lo avrei di certo trovato. Ho cercato su internet le offerte di lavoro alla mia portata: pulizie negli hotel, lavapiatti, rider, call center, pescatore.

A pesca sono andato qualche volta con zio Ivan. Anche se non ricordo di aver mai preso niente. Ci davamo appuntamento al negozio di esche, dove zio comprava una scatola o due di caimani bianchi o di camole. Poi ci mettevamo in viaggio per raggiungere il fiume, ma non si arrivava mai in tempo per pescare. Per strada, o al bar, c'era sempre qualcuno con cui fermarsi a discutere di politica o fumare o lamentarsi.

Quando, ore dopo, infilavamo il verme nell'amo dalla parte della coda, attenti a lasciare libere la testa e le piccole zampe – il verme va innescato cosí, formando una L: quello si contorce e il pesce abbocca –, non prendevamo mai niente, perché il sole era ormai troppo alto e i pesci si erano già ritirati in profondità.

È stato lí, durante le nostre uscite a pesca, che ho imparato a conoscere mio zio e a capire cosa non mi piace di lui. Non mi piace quell'attitudine ad astenersi dal mondo, a stare ai margini della gara per non rischiare di perdere. Osservo il suo talento per tutti quegli autoinganni che lo proteggono dal fallimento e riconosco che è il mio stesso talento.

È questa idea che detesto con tutto me stesso: la paura di assomigliargli troppo.

Alle dieci di sera del 16 maggio, Lorenzo Costa si era effettivamente presentato a casa del professor Martin Watts. Il collega lo aveva invitato a entrare e bere qualcosa, ma Costa aveva declinato l'invito. Voleva recuperare il furgone e tornarsene a casa dalla moglie, perché era stanco e quella era stata una giornata complicata, aveva detto.

Da allora nessuno lo aveva piú visto vivo. Quantomeno, nessuno disposto a testimoniare.

I giornali hanno scritto che dai tabulati della compagnia telefonica risultava che Watts aveva chiamato il numero di Costa alle 21,15: due minuti e venti secondi di conversazione. Poi non risultavano altre chiamate. Eppure, al ristorante, la moglie e gli amici avevano atteso a lungo che lui finisse di telefonare, mentre passeggiava nervoso sul marciapiede. Pioveva a dirotto e non aveva nemmeno un ombrello per ripararsi.

Chi aveva chiamato Costa, molto probabilmente, hanno scritto, aveva utilizzato WhatsApp.

È stato zio Ivan, qualche sera dopo, durante una cena, a riferirci questa storia della telefonata misteriosa: notizia che avevo già letto da qualche parte e che mi aveva procurato brividi alla nuca. A tavola, nessuno ha commentato. Mamma si è alzata di scatto ed è andata a sciacquare due piatti al lavandino. Le era venuto da piangere ma non voleva farsi vedere. Mio padre ha sbattuto la forchetta sul tavolo.

– Come va la tua ricerca di case? – ha chiesto a zio Ivan. Il tono della voce era troppo alto perché la sua fosse una semplice curiosità.

Zio ci ha guardati uno a uno.

– Cazzo, – ha detto. – Siete proprio una famiglia ospitale.

Abbiamo finito di mangiare in silenzio, poi papà ha detto che andava a farsi una doccia per calmarsi e zio Ivan è tornato in camera mia a leggere. C'erano giornali dappertutto: sul letto, sulla scrivania, sul comodino. Sembrava che fossimo in partenza per un lungo viaggio e avessimo coperto i mobili per metterli al riparo dalla polvere. Zio leggeva e si lamentava di alcuni articoli di politica e di altri sulla guerra.

– Propaganda di merda, – diceva. – Non c'è un solo giornalista, in giro. Solo mercenari.

«E allora perché non lasci in pace quei poveri alberi?» avrei voluto chiedergli.

11.

Due settimane dopo l'assassinio di Costa, il preside Fusco ha pensato che avessimo bisogno di un sostegno psicologico. La dottoressa De Luca avrebbe valutato come la tragedia, e il martellamento mediatico a cui eravamo costantemente sottoposti, potessero sedimentarsi nel nostro inconscio.

Paura, rabbia, spossatezza e distrazione potevano essere provocati dalle scorie che il trauma aveva depositato nelle nostre giovani menti. Difficoltà a svolgere i compiti, difficoltà ad addormentarci, apatia, eccitamento eccessivo, fantasie perverse, inappetenza, disturbi alimentari, nebbia cognitiva. La dottoressa De Luca articolava le parole in modo meccanico, lo sguardo perso sulla parete di fondo. Sembrava che recitasse a memoria il bugiardino di un antidepressivo.

Il suo compito era aiutarci a fare pulizia di tutto quello che ci stava intossicando, ha detto.

– Qualcuno vorrebbe verbalizzare un'emozione? Un sogno?

Aveva i capelli raccolti in una coda cosí stretta che le espressioni facciali risultavano visibilmente ridotte e indossava un tailleur chiaro, borsa, scarpe e cintura coordinate. Lo stile nel vestire sembrava rispecchiare lo stile terapeutico: emanava il calore di una giornata di febbraio in

Siberia e l'empatia di una sagoma di cartone. Per quanto mi riguardava, non potevo sperare di meglio.

– Nessuno vuole raccontare come si sente?

Silenzio.

– Se parlarne in classe vi mette a disagio, vi suggerisco di provare a farlo coi genitori, coi fratelli, coi nonni, con gli amici, da soli davanti a uno specchio. L'importante è verbalizzare.

Verbalizzare era l'ultimo dei problemi, almeno per i miei compagni di classe. Istintivamente si sentivano parte in causa e quindi non parlavano d'altro.

Conoscevamo la vittima e, dicevano, non era da escludere che conoscessimo il carnefice.

C'era un'eccitazione che strisciava sotto la pelle di tutti. Piú passavano i giorni, piú la morte di Costa finiva sui giornali, piú quella sensazione diventava sinistra e seducente: era accaduto un fatto eccezionale che gettava sul nostro liceo una nuova, diabolica luce. E quella luce, seppure parzialmente, illuminava anche noi.

Ci riunivamo in gruppi e leggevamo ossessivamente la ricostruzione dei fatti, i possibili moventi, quelle che sembravano svolte nelle indagini e poi si rivelavano buchi nell'acqua. I primi risultati dell'autopsia avevano ingarbugliato ancora di piú la faccenda. Il cadavere aveva sbattuto contro le pietre: il suo corpo era pieno di lividi e ferite, ed era talmente rotto che sembrava fosse caduto dall'alto di un palazzo. Un primo esame tossicologico aveva rivelato che nel sangue del professore c'era una gran quantità di alcol e di sonniferi, ma non abbastanza da farlo secco. Stordito com'era, se fosse finito nel fiume sarebbe effettivamente morto annegato, ma in quel caso i polmoni si sarebbero riempiti d'acqua. Visto che cosí non era stato, l'annegamento era da escludere e le cause della morte restavano un mistero.

Che cosa nascondeva il professore? Ognuno dei miei compagni sognava segretamente di arrivare alla soluzione del caso prima degli inquirenti: la lista dei loro sospettati comprendeva la professoressa Serra, che ultimamente sembrava piú pallida e piú nervosa del solito, la stessa dottoressa De Luca, sempre troppo gelida, il preside, che si era definitivamente seppellito nel suo sepolcro, il professor Watts, che aveva preso qualche giorno di malattia, strano, e la moglie del professore, la cui incredulità, esibita in tutti i notiziari, appariva fin troppo teatrale. I miei compagni erano su di giri perché i giornali parlavano di una cosa che li riguardava cosí da vicino. Io volevo sprofondare, bucare il mantello terrestre e andare a incenerirmi nel nucleo.

Un giorno o l'altro mi sarei alzato e, con un filo di voce, avrei dichiarato:

«Quei giornali parlano di me».

«Cos'hai detto?» avrebbe chiesto qualcuno.

«Parla piú forte».

«Non mangiarti le parole».

«Il professor Costa, – avrei affermato. – Sono stato io ad ammazzarlo».

Poi sarei uscito dall'aula, lasciando che la porta sbattesse alle mie spalle.

Per ora mi limitavo ad ascoltare i commenti e ad annuire di tanto in tanto. Nessuno si sorprendeva del mio silenzio, me n'ero sempre stato zitto, anche prima dell'omicidio del professore.

A un certo punto la dottoressa De Luca ha guardato l'orologio.

– Se non avete domande, io andrei, – ha detto. – Se avete bisogno di me, mi trovate allo sportello psicologico. Altrimenti ci vediamo qui la prossima settimana.

È stato Guerra ad alzare la mano. E una micro-espressione del viso si è finalmente disegnata sul volto della psicologa, un movimento quasi impercettibile delle sopracciglia irrigidite dalla coda di cavallo troppo stretta: forse si stava aprendo una breccia nelle nostre corazze emotive.

– Ah, molto bene. Prego, dica pure, – lo ha incoraggiato.

Guerra si è alzato in piedi.

– Cosa intende con eccitamento eccessivo e fantasie perverse?

Se c'è una cosa che mi fa cascare le braccia è la capacità di Guerra di parlare a sproposito, di essere inappropriato, di tuffarsi al fondo dei nostri cuori e di riemergere coi nostri pensieri piú segreti, o le nostre insicurezze piú meschine, per poi guastare tutto coi suoi commenti di merda. Ma bisognava riconoscergli di aver verbalizzato l'unica domanda che valeva la pena fare. La dottoressa De Luca ha sospirato.

– Sono stati condotti studi su persone emotivamente coinvolte in morti violente: omicidi, incidenti automobilistici, cose di questo tipo. Le persone sottoposte ai test mostravano implicazioni sessuali anomale.

Piú tardi mi sono ritrovato a passeggiare lungo i Murazzi del Po con Emma. Camminavamo sulle banchine del lungofiume, c'era un tramonto infuocato, canoe silenziose. Le pagaie si immergevano e, per un istante, spezzavano i barbagli del sole e il riflesso dei palazzi nell'acqua, creavano piccoli vortici scintillanti in cui tutto precipitava. Avevo una gran voglia di piangere, perché perfino il panorama era troppo fragile. Avevo voglia di piangere per me, per Costa, per sua moglie, per mia madre, per mio padre, per il casino che avevo combinato. Avrei pianto per Emma, che mi aveva agguantato un braccio, all'uscita da scuola, e aveva detto: Oggi non mi scappi, e ora passeggiava riempiendosi gli occhi di quella bellezza, senza sapere che stava camminando al fianco di un criminale, ma non sul genere di Adam Driver in *Star Wars* o di Jared Leto in *Suicide Squad*. No, il genere sfigato. Uno sfigato di dimensioni galattiche. Un imbranato e un miserabile.

Avrei pianto perché solo un miracolo poteva cambiare le cose, ma non avevo nessun aggancio coi fabbricanti di miracoli.

Cosí, per distrarmi, le ho chiesto di farmi fare un tiro di sigaretta. Lei mi ha guardato come se di punto in bianco avessi tirato fuori l'uccello.

Mi ha allungato quella che stava fumando e ha continuato a guardarmi, in silenzio, mentre me la portavo alle labbra, aspiravo e sentivo la gola restringersi e contrarsi, e cominciavo a tossire, non era proprio una tosse, era piú un soffocare, soffocavo, sentivo gli occhi uscirmi dalle orbite mentre immaginavo che quell'unico tiro potesse procurarmi danni irreparabili alle vie respiratorie, malattie cardiovascolari, enfisema.

– Dio quanto sei sfigato, – mi ha detto.

Ecco, finalmente c'era arrivata.

Ci siamo seduti in un bar, a un tavolino sul bordo della banchina. Ho ordinato una Coca, Emma un vermut.

– Quanti anni hai? – le ha chiesto il cameriere.

– Sono fatti miei. Vorrei bere un vermut, se non ti dispiace.

Il cameriere ha esitato per qualche istante, poi ha alzato le spalle e se ne è andato con l'ordinazione.

– E porta anche qualcosa da sgranocchiare!

Sembrava abbronzata nella luce rossa del tramonto.

– Sei troppo buono.

– In che senso?

– Non fumi, non bevi, non ti droghi, – ha detto. – Non saresti niente male. Fisicamente, dico: proprio niente male. Ma sei buono in un modo nauseante.

Chissà perché, ogni volta che qualcuno mi fa un complimento si sente in dovere di ridimensionarne il calibro. Alto ma magro, intelligente ma cagionevole, belloccio ma troppo buono. Che poi, il mio software sembra programmato per registrare solo la parte della frase che viene dopo il ma.

Emma rigirava tra le dita un accendino di plastica. Siamo rimasti qualche istante in silenzio, a guardare una canoa che solcava veloce il fiume.

– Non sai niente di me, – le ho detto.

– Io non so niente di te? – ha riso.

– Quasi niente.

– Troppa bontà non piace alle donne. Guarda Costa: tutte pazze di lui da quando si è scoperto che era cattivo.

– Tutte pazze di lui anche prima. E poi, come fai a dire che Costa era cattivo?

– Non se ne starebbe con le palle al fresco in un frigorifero, se non fosse stato cattivo.

– Forse lo hanno ammazzato per errore.

– Non credo proprio. Secondo me è stata la moglie. Vedrai, prima o poi incastrano la moglie.

A quel punto le ho detto che nemmeno io sono buono.

– Uhhh, – ha fatto lei. – Che paura. Ho i brividi, guarda.

Ha alzato la manica della maglietta per mostrarmi il braccio.

– Non sono una persona buona.

– E in cosa consisterebbe la tua cattiveria? – Si è avvicinata, per parlarmi all'orecchio. – Hai scorreggiato in ascensore?

– Non mi va di parlarne.

– Da un po' di tempo a questa parte sei strano forte.

Volevo alzarmi da lí e tornarmene a casa, la conversazione era diventata frustrante. Volevo chiudermi in camera e alienarmi davanti a un videogioco per distrarmi un po'. Ma se me ne fossi andato, Emma mi avrebbe chiesto che cazzo stava succedendo, forse mi sarebbe corsa dietro, ci sarebbero state altre domande o battute sarcastiche sulla mia suscettibilità, e non avrei retto. Allora ho cambiato discorso: non avevamo piú parlato della mattinata al bar Flora.

– Perché non volevi che conoscessi tua madre?

– Non mi va di parlarne, – ha detto lei.

– Flora è una grande. È... strana. Per essere una madre, dico... Però è una grande, davvero... E poi le piace il cinema. Anche a me piace il cinema.

– Troppo strana.

Ho ripensato al modo in cui, quel mattino, Flora aveva preso la mano di Emma per baciarla. Una volta anche mia madre mi baciava, ritta sulla porta di casa, mentre uscivo per andare a scuola, mi stringeva come se fossi stato in partenza per un altro pianeta e mi stampava un bacio sulla guancia. Al ritorno, apriva la porta un istante prima che suonassi il campanello. «Come facevi a sapere che stavo arrivando?» le chiedevo. «Ho sentito i tuoi passi, sono sei ore che ti aspetto dietro la porta», diceva, mentre mi abbracciava di nuovo e mi scompigliava i capelli. «E non hai fatto niente per tutto questo tempo?» «Santo cielo, aspettarti non è fare niente».

– Flora ti vuole bene, – ho detto a Emma.

– A modo suo.
– Boh. Ognuno vuol bene a modo suo, credo. Comunque è un bel tipo.
– Sí, lo so. Il piú delle volte, però, è orribile.
A me parlava di persone orribili? Avesse saputo quale esemplare di orribilità le stava seduto di fronte, sarebbe stata piú indulgente con sua madre.
– Che cos'ha di orribile?
– Non si vergogna. Non prova mai vergogna. Non gliene frega niente di quello che provo io o di quello che pensano gli altri. Di come ci vedono gli altri.
– È una persona libera.
– Libera un cazzo.

Cosí ho scoperto di aver conosciuto Flora in un «momento di buona». Emma mi ha detto che, ultimamente, c'era questo Riki che girava per casa e, fino a quando Riki fosse rimasto nei paraggi, Flora sarebbe sembrata piú giovane e brillante e curata e perfino un po' piú alta, con le spalle erette e i capelli gonfiati col phon e la spazzola.
– Chiunque ha diritto alla sua dose di carezze, d'accordo, ma non puoi mandare tutto in merda per due moine.
Emma ha detto che con Flora non sapevi mai cosa aspettarti. Potevi trovarla di buon umore, sentirti dire «Ciao bellezza», «Ciao vita mia, fatti dare un bacio», oppure abbracciarla e toccare il vuoto, vederla polverizzata a terra perché un uomo l'aveva di nuovo delusa.
– E sai chi deve raccogliere i pezzi? Io, – ha detto. – Sono io la madre e lei è la figlia.
– Mi dispiace.
– Se ne sta sul divano a guardare film tristi, oppure ascolta musica depressa, sceglie una canzone e la mette all'infinito, la storia di qualcuno che ha perso qualcun

altro. Dopo due giorni ho la nausea, al terzo spero che il cantante muoia di morte violenta.

– E tuo padre?

Ha stretto le labbra e arricciato il naso.

– Ha preferito farsi un'altra famiglia. Ha una figlia. L'ho incontrato un paio di anni fa, ci siamo stretti la mano, mi ha chiesto perché mi tingevo i capelli di rosa.

Per un certo periodo, c'era stata un'amica del cuore. Si chiamava Clara, lei ed Emma erano compagne alle medie, ma Clara arrivava da una famiglia «perbene» della Crocetta.

– Da una famiglia normale, come la tua, – mi ha detto.

Ho fatto finta di niente.

Ogni tanto Clara si fermava a dormire da loro. Aveva già visto un bel mucchio di uomini in giro per casa, uomini che al risveglio si materializzavano in cucina, si installavano nel loro appartamento sopra il bar e scomparivano dopo qualche settimana, o qualche mese, con una scusa qualunque. Una di quelle mattine Emma e Clara avevano trovato solo un sacco di bottiglie vuote e due posaceneri pieni.

– Mia madre è arrivata in cucina con una camicia da notte sbrindellata e gli occhi gonfi di alcol e di pianto. Le ho versato una tazza di caffè e lei se l'è rovesciata addosso. L'ho guardata con gli occhi di Clara e l'ho detestata. Mi sono chiesta che cosa raccontasse Clara di noi a quel padre normale e a quella madre normale. Ho deciso che non sarebbe piú successo, che nessuno avrebbe piú messo il naso nei nostri affari.

– Che fine ha fatto Clara? – le ho chiesto.

– Non ne ho idea. Ho saputo che i suoi genitori si sono separati.

Siamo rimasti in silenzio. Il sole era tramontato e il cielo era diventato di acciaio. Emma non sembrava piú abbronzata, anzi, ora sembrava terribilmente pallida ed era come se tutte quelle parole fossero uscite da lei lasciando zone vuote sotto gli occhi e nelle guance.

– Però, a mia madre voglio bene, – ha detto dopo un po'. – Se fosse una madre normale probabilmente gliene vorrei di piú. O forse no. A volte sogno che sono nella sua pancia e deve ancora partorirmi.

Mi sono chinato sul tavolino del bar e le ho preso le mani. Non so quanto avesse a che fare con la commozione, con la voglia irresistibile di baciarla o con il pensiero improvviso che era la *normalità* a fregarci. Anch'io rivolevo la mia famiglia *normale*, avrei voluto dirle, e per questo avevo ucciso.

Avrei voluto dirle anche che se avessimo continuato a inseguire la versione giusta di noi, la piú appropriata, attenendoci alle nostre previsioni o alle previsioni di qualcun altro, infischiandocene delle variabili, rifiutandoci di vederle o cercando di demolirle, alla fine ne saremmo usciti noi stessi demoliti.

E soprattutto le avrei voluto dire che l'amavo. Ti amo tantissimo, Emma. E voglio stare con te per sempre. O comunque, prima di smettere di amarci, ti prometto che ti amerò per sempre. Ci sposeremo e ameremo i nostri figli, anche coi capelli rosa o verdi, anche se avranno le zanne e la coda, e se le cose cambieranno saremo mutevoli, evolveremo e ci adatteremo al cambiamento, come le lucertole tuatara o i porcospini dell'Oceania o i virus. Prospereremo nel caos e questo sarà il nostro modo di proteggerci.

Stavo per dirlo.

Ma poi ho sentito la voce uscirmi dalla gola e vomitare parole assurde. Parole come *pattern* di comportamento e *cluster* di persone. L'ho guardata e ho capito che stavo pestando una merda. Invece di fermarmi, ho continuato.

– Per un algoritmo di *profiling*, Flora è una normalissima utente del segmento cuori spezzati a cui proporre corsi di ginnastica e integratori per l'umore, – ho detto.

Ha sfilato via le mani di scatto e ha spalancato la bocca, come per ingoiarmi.

– Ma ti senti quando parli? Sono una cretina a perdere il mio tempo con uno come te. Te e i tuoi *profiling* del cazzo.

Ha fatto per alzarsi, le ho riacciuffato le mani appena in tempo e le ho detto: – Senti. Vorrei che venissi a casa mia uno di questi giorni. Vorrei mostrarti una cosa.

Abbiamo pagato il conto e ci siamo avviati verso casa, lentamente. Anche se era ora di cena e mia madre aveva provato a chiamarmi un miliardo di volte e non avevo mai risposto.

– Non hai fantasie perverse, vero? – mi ha chiesto.

– No, no, tranquilla.

– Eccitamento eccessivo?

– No, non mi pare.

Arrivato a casa, mi sono chiuso in bagno e mi sono guardato allo specchio, come aveva suggerito la psicologa. C'era questo tizio, riflesso: aveva la mia corporatura, gli stessi capelli, gli occhi solo un po' piú incavati, le labbra sottili e la dentatura resa perfetta da anni di apparecchio. Era qualcuno di familiare ma che stentavo a riconoscere. Continuavo a ripensare ai sospetti di Emma: prima o poi incastreranno la moglie. Ho detto al tizio nello specchio: Se non confessi, qualcuno finirà nei guai al posto tuo. Mi sono avvicinato per guardarlo piú da vicino, si avvicinava anche lui, con quello sguardo ottuso che detestavo, ci guardavamo dritto negli occhi e non trovavamo nient'altro da dire.

12.

La sera dopo la passeggiata ai Murazzi, Emma è venuta a cena da noi. Ha suonato alla porta e siamo andati in tre ad aprire. Mio padre aveva con sé una bottiglia di spumante, come se avessimo dovuto brindare in ingresso, prima che lei cambiasse idea e girasse sui tacchi.

Indossava un vestito a fiori lungo fino alle caviglie, era la prima volta che la vedevo con un abito, si era perfino truccata gli occhi con l'eye-liner.

Ho fatto le presentazioni. Zio Ivan non c'era: era stato invitato a trovarsi qualcosa da fare. Emma aveva portato il gelato. – Grazie ma non dovevi, – ha detto mia madre, poi l'ha baciata sulle guance, ha sospirato e s'è premuta i palmi delle mani sul viso per ricacciare indietro le lacrime che, tanto per cambiare, cercavano di scivolarle fuori dagli occhi.

Avremmo preso un aperitivo in terrazza e avremmo cenato in sala da pranzo, dove mamma aveva già apparecchiato coi piatti di ceramica e i tovaglioli di stoffa, aprendoli uno a uno prima di ripiegarli e disporli sotto le posate, per essere certa che non ci fossero macchie, che fosse tutto perfetto come ai tempi della camera iperbarica.

– Mica passeremo la serata sulla porta, – ha detto.

Papà si è accorto di avere la bottiglia di spumante in mano e ha suggerito di andare subito ad aprirla, prima che si scaldasse. Cosí abbiamo percorso il corridoio in fila indiana, mentre cercavo di guardare la nostra casa e noi stessi con gli occhi di Emma.

A tavola, mi sono messo a lavorare di telepatia.

Con la forza del pensiero, chiedevo a mio padre di esentarci dal suo umorismo, e piú di tutto lo scongiuravo di non sottolineare le sue battute con una risata. Contemporaneamente, supplicavo mia madre di risparmiarci gli abominevoli metamessaggi di cui era diventata un'esperta mondiale. Evidentemente non avevo il controllo dei miei poteri perché, nonostante gli sforzi, lei a un certo punto ha detto: – Marco, tesoro, passami il sale –. E a un orecchio allenato ad afferrare l'amarezza del tono, a un occhio attento a percepire l'esitazione della mano che si avvicinava all'oggetto desiderato, «Marco, tesoro, passami il sale» era la porta che dava su una quarta dimensione in cui quelle stesse parole, ordinarie, apparentemente inoffensive, si ingigantivano, deformate dal tempo, dalle ferite lasciate nel tempo, diventavano il tweet di una vita di sacrifici e fallimenti, la sintesi di tutte le insoddisfazioni del mondo: Marco, sia chiaro che qui non si sta parlando della pietanza insipida, qui si sta parlando di me, della mia sciapa e insulsa esistenza, dei compromessi, delle rinunce che mi hanno accompagnata da quella festa di compleanno in cui ci siamo incontrati, ci fosse un Dio quella sera mi avrebbe azzoppata e mi avrebbe impedito di arrivarci, da quella stupida festa a questa stupida cena, si sta parlando della fine dei miei sogni, della mia infelicità, del baratro di infelicità in cui sono precipitata.

Ecco cos'era quel «Marco, tesoro»: un gas nervino capace di saturare l'aria che respiravamo, di avvelenare l'acqua nei bicchieri. Dovevamo alzarci da quella tavola e metterci in salvo. Cosí, mentre mio padre diceva: – A me il sale alza la pressione, – ho preso Emma pizzicandola per il vestito e le ho detto: – Andiamo in camera mia.

Poco dopo lei mi diceva che eravamo stati scortesi ad alzarci prima del dolce.

– Avevo paura che ti contagiassero.

– Sono malati?

– Sono infelici.

– Non sembrano infelici. Tua madre ha sorriso tutta la sera.

– Lo chiama tesoro. *Tesoro*. Vorrebbe sbranarlo. Poi sospira in quel modo che ti toglie la voglia di vivere. E mio padre, lo hai visto? Un pachiderma. Continua a ingrassare e riempie la casa di oggetti inutili. Ha la fissa degli oggetti, passa ore a leggere i libretti delle istruzioni. Nessuno al mondo legge piú i libretti delle istruzioni. Hai visto la casa? Sembra un negozio. Non capisco come faccia ad affezionarsi tanto alle cose. Torna dal lavoro e dice: «Mamma, ti ho fatto un regalo».

– La chiama mamma?

– Lei scarta il regalo e tira fuori un aspirapolvere intelligente, un depuratore per l'aria intelligente, un assistente vocale intelligente, roba che, nelle sue intenzioni, dovrebbe metterla di buon umore, ma che piace solo a lui. C'è talmente tanta intelligenza negli oggetti di mio padre che io e lei ci sentiamo due imbecilli.

– Tua mamma non sembra un'imbecille.

– Ah, molte grazie.

– Non volevo dire che tu sembri un imbecille.

– Vorrebbe una vita migliore.

– Chi non la vorrebbe.

– Legge storie tutto il tempo. Vive dentro vite che non sono la sua perché quella che ha la deprime.

– Forse anche tuo padre sta cercando qualcosa di piú entusiasmante della vita che ha.

Non avevo mai affrontato il problema in questi termini. A dire la verità, la mia analisi della monomania di papà si era fermata alla superficie del problema, e potevo esporla in pochi, sintetici passi. Primo: mio padre aveva un'ossessione per gli oggetti. Secondo: se sei un maniaco del controllo e tua moglie ti erige in testa un bel paio di corna senza che tu te ne accorga, il minimo che ti possa accadere è ritrovarti con qualche piccola ossessione. Terzo: avrei potuto elencare una serie di maniaci ossessivi decisamente piú bacati e piú pericolosi di mio padre, tipo Raoul Duke, il Dr. Gonzo o il capitano Achab, solo per nominarne alcuni. Fine. Non avevo mai considerato che in quegli oggetti lui potesse decifrare storie che lo portavano altrove, lontano da una realtà che non doveva sembrargli meno deprimente di come sembrava a mia madre.

Forse dovevo smettere di vedere mio padre come un uomo razionale e incolore, una cassetta degli attrezzi ambulante. Forse gli oggetti di cui si circondava non erano corpi inanimati ma mondi complessi. Quella sera stessa, prima di andare a dormire, avrei provato a mettermi nei suoi panni. Già mi vedevo in compagnia di quel robot da cucina che aveva acquistato da poco. Accarezzarne le parti in acciaio e quelle in vetro, svitarne le lame e osservarne il motore, sincronizzarmi con la scintilla creativa e con l'intelligenza che lo avevano generato, decostruirlo e ricostruirlo nella mente, cercare la perfezione tra le variabili di assemblaggio. Coltivare il sogno di trasformare i desideri in materia.

– Se avessi un marito che mi chiama mamma gli caverei gli occhi.

– Lei si limita a scoparsi un altro.

Siamo rimasti in silenzio per un po'.

– Mi piace la tua camera. Ha carattere. Ma davvero tua madre si scopa un altro?

Emma era la prima ragazza che entrava nei miei spazi. A parte mia cugina Rosa, che passava a salutarci la domenica dopo la messa. «Uscite a prendere un po' d'aria», diceva mia madre, ma noi ci chiudevamo in camera con un sacchetto di nuvole di drago, e Rosa suggeriva di non masticarle, di farle sciogliere sotto il palato come si fa con l'ostia consacrata. Succedeva prima che crescessimo e ognuno prendesse la sua strada o, per essere precisi, prima che lei prendesse la sua strada e io restassi inchiodato alla mia, che era stretta e corta, venti metri quadri di una stanza perimetrata da pareti color crema e poster di film.

Comunque i parenti non contano. Emma era la prima.

– E quindi? Tua madre ha un amante? – ha chiesto di nuovo.

– Lo aveva.

– E adesso non ce l'ha piú?

– No, è finita.

– Cazzo, mi spiace.

Non capivo se fosse dispiaciuta per il tradimento di mamma o per la fine della sua storia con un uomo che non era mio padre e che, per il momento, preferivo restasse nel mistero.

Era imbarazzata, se ne stava seduta sul bordo della scrivania e fingeva di essere concentrata a osservarsi il vestito, i piedi.

– Non trovi che ho le caviglie troppo magre? Mia madre dice che sembro un merlo.

Le sue caviglie sono cosí magre che mi provocano un senso di struggimento.

– Io le trovo bellissime, – le ho detto.

Si è alzata in piedi ed è venuta verso di me. Mi aspettavo che mi sferrasse un pugno con le nocche appuntite, dicendomi di piantarla, e soprattutto mi aspettavo che mi dicesse di non rompere, di smetterla con quell'atteggiamento melenso del cazzo: «Occupiamoci di cose importanti», avrebbe detto. «Tipo?» avrei chiesto io. «Tipo una gara di rutti».

Invece si è avvicinata e mi ha baciato.

Sulle mie labbra ho sentito la consistenza delle sue labbra.

– Non pensare che significhi qualcosa.

Sentivo il cuore pulsare dappertutto, dentro le cosce, fino alle ginocchia, e ci vedevo già distesi su un prato in una notte stellata, la pelle dei nostri corpi a contatto. Lei che si volta e si avvicina ancora, i suoi capelli che mi fanno il solletico, mentre sussurra: «Non sono mai stata cosí felice prima d'ora».

– Non penso proprio niente, – le ho detto.

Mi ha tirato un pugno.

Volevo mostrare a Emma che non eravamo la famiglia normale e perbene che lei immaginava, anche se non ci presentavamo a colazione con la camicia da notte sbrindellata e la cucina piena di bottiglie vuote. Ecco perché l'avevo invitata. Avevamo i nostri difetti – non ero pronto a confessarli tutti – e la sola differenza tra la mia famiglia e la sua era che noi li nascondevamo sotto vestiti ben stirati.

Non mi aspettavo che la serata andasse cosí. Mi sforzavo di non trarre conclusioni, ma dopo quel bacio i pensieri mi uscivano dalla testa come da un rubinetto rotto.

Per distrarmi, ho provato un'altra volta a guardarci coi suoi occhi, ad ascoltare con le sue orecchie il tono delle nostre voci, ad annusare gli odori della casa. Ho ordinato al cervello di ignorare l'adattamento sensoriale, ho cercato nell'aria il fumo freddo delle sigarette di mia madre e il puzzo di Pablo. Poi mi è venuto in mente che, per tutta la sera, il cane non s'era visto.

– Gesú, Marco, dov'è il cane? – ha chiesto poco dopo mia madre.

Papà si è guardato attorno.

– Il cane? – ha ripetuto.

– Pablo. Dov'è Pablo? È rimasto in macchina? Lo hai lasciato in macchina?

– Cristo santo, l'ho lasciato in macchina.

– Gesú, Marco.

Papà era tornato da almeno quattro ore e per tutto il giorno, nonostante fossimo solo a maggio, aveva fatto un caldo infernale. Aveva portato il cane al parco: voleva stancarlo, per farlo stare tranquillo ed evitare che passasse l'intera cena a elemosinare cibo. Poi aveva fatto un salto al supermercato a comprare affettati e spumante. Pablo di certo si era addormentato sul sedile posteriore e lui si era scordato di farlo scendere. A quel punto eravamo tutti in cucina e mamma urlava che Pablo poteva essere morto, sicuramente era morto, urlava a mio padre che eravamo degli assassini e che la nostra famiglia era diventata un incubo, mentre papà rispondeva che no, Pablo stava bene, ma intanto non si decideva a uscire, e gli unici passi che faceva, due alla volta, non erano verso la porta ma verso sua moglie, che si allontanava da lui di due passi. E se lei non avesse continuato a urlare Gesú Marco, Gesú Pablo, quattro parole, sempre le stesse, se non avesse urlato con gli occhi sbarrati e la bava alla bocca, sarebbe sembrata una danza.

Si era fatto buio ma nessuno aveva acceso la luce. Nella penombra vedevo Emma che non sapeva piú dove stare né dove guardare.

Poi papà si è come ridestato, ha afferrato le chiavi dell'auto e si è precipitato fuori. Ho preso Emma per mano e abbiamo corso anche noi. E mamma, dietro di noi.

Ero sbalordito da quanto fossimo veloci. Non avevo mai visto mio padre correre. Pensavo che la corsa fosse per lui uno sport estremo. A ripensarci, avremmo meritato due ali di folla, qualcosa tipo *Momenti di gloria*. Invece le strade erano deserte e nessuno ci ha visto sfrecciare a quel modo e inchiodare davanti all'auto, paralizzati, dall'altro lato della strada, neutralizzati dalla paura di aprire la portiera e trovare il cadavere del nostro cane, il suo corpo riverso sul sedile posteriore. Papà ha sollevato il braccio e ha fatto scattare l'apertura centralizzata. In un istante, il testone di Pablo è comparso da dietro il finestrino.

Scodinzolava come un matto, senza rancore.

13.

La memoria si riduce del 2% ogni dieci anni. Se le cose vanno come devono andare, fra meno di cinquecento anni mi sentirò meglio. Lo dicevo al povero imbecille che mi guardava di nuovo dallo specchio. Ero stato invitato alla festa di compleanno di Guerra, per tutto il giorno avevo provato vestiti, indeciso su cosa indossare, cercando scuse per non andare.

– Temo mi stia venendo un mal di testa fortissimo, – ho buttato lí.

– Dài, fai uno sforzo, – ha detto mia madre.

– Ci vai e basta, – ha detto mio padre.

Ho svuotato l'armadio e disposto maglie, pantaloni e camicie sul letto, li ho provati tutti, in tutte le combinazioni, le feste di compleanno sono una cosa impegnativa: dovevo decidere se vestirmi di colori sobri, mimetizzarmi e apparire privo di personalità, o arrischiare qualcosa di piú esuberante, magari una giacca. Per prima cosa ho provato la giacca, sembravo pronto per la cresima. Mio padre, ogni tanto, buttava un occhio e se ne andava sbuffando. A modo suo era piú utile Pablo, che si avvicinava e sfregava il muso contro le mie gambe. Non credo avesse opinioni sull'outfit, voleva farmi sapere che c'era. Sarebbe bello avere meno opinioni e piú istinto: mangiare, dormire, correre, pisciare, senza perdersi nei dettagli. Dopo ore di prove, ho deciso che l'abbinamento giusto era quello che mi avrebbe permesso di confondermi con la mobilia e sparire.

La storia del mal di testa, comunque, era vera. Sentivo quel dolore che iniziava piano, in un punto preciso dietro l'occhio, e poi si propagava, si impadroniva di tutto, presto sarebbe diventato un dolore da odiare l'intero pianeta, da farmi saltare le cervella, da pregare che i russi ci sparassero un missile atomico, una bomba Tsar o una di quelle armi segrete con cui minacciano di disintegrarci. Se ci fossimo disintegrati mi sarei risparmiato la festa di Guerra, ma le ore passavano e non succedeva niente di risolutivo. Lui, intanto, continuava a inviarmi messaggi. «Allora ci si vede questa sera, ti devo dire una cosa». Mi chiedevo se avesse sul serio qualcosa da dirmi o se temeva che alla festa non si presentasse nessuno.

– Giuro, ho un gran mal di testa, – ho insistito con mio padre.

– Te lo ripeto una volta per tutte, Nico, o ci vai di tua spontanea volontà o ci vai a calci in culo.

Sono tornato in camera mia, ho chiuso la porta con una pedata. Mi ha seguito fino al corridoio e mi ha ricordato, urlando, che lui, mia madre, l'ha conosciuta a una festa di compleanno.

– Bell'affare! – gli ho risposto.

Poi l'ho sentito dire che ero diventato ingestibile e che non avevo la minima forma di gratitudine, con tutto quello che loro due facevano per me, perfino occuparsi della mia sconfortante vita sociale, ed era cosí che ringraziavo. Mi sono concentrato sul mondo fuori dalla finestra, due ragazzi che passeggiavano tenendosi per mano, un camion della spazzatura con il lampeggiante acceso, un colpo di vento. Lo facevo per non pensarci. Per evitare di augurargli qualcosa che poi avrebbe potuto avverarsi.

La verità è che quello fuori controllo era lui. Si muoveva in modo goffo, inciampando e travolgendo le cose, senza riuscire a prendere le misure di quel suo nuovo corpo che si ingigantiva a vista d'occhio. Non aveva piú vestiti che gli andassero bene. E pure noi gli stavamo stretti: ogni occasione era buona per ricordarci quanto fossimo immeritevoli e ingrati dello sforzo che stava facendo per la famiglia. Nei week-end le discussioni iniziavano di mattina e inghiottivano l'intera giornata. Quando c'era stato l'episodio delle sigarette, avevo pensato per la prima volta che ci fosse qualcosa di serio che non andava in lui. Un guasto nel sistema limbico. Un'infezione. Avevo letto un articolo a proposito di certi funghi che ti possono infettare e trasformarti in uno zombie o farti perdere la brocca. Si infilano nell'organismo e modificano i legami biochimici che regolano il comportamento. In realtà lo fanno con le cicale e con le api. Ma coi cambiamenti climatici, capace che anche i funghi avessero deciso di alzare il tiro.

Il problema con le sigarette è il seguente: papà non sopporta che mamma fumi dentro casa. Torna dal lavoro e spalanca le finestre, mamma alza gli occhi al soffitto e soffia dal naso. Lui dice che ormai tutto sa di fumo. – Perfino le lenzuola sanno di fumo, perfino quello che mangiamo –. Qualche sera fa eravamo seduti a tavola e ci ha chiesto se lo sentivamo.

– Sentire cosa?

– Questo sapore. Tipo posacenere.

– Gesú, Marco, hai rotto con questa storia.

– Nico, tu lo senti?

– Non saprei.

– Non saprei, – mi ha fatto il verso.

Ha annusato il tovagliolo e poi me lo ha messo sotto il naso.

– Dimmi se non puzza!

– Ti sei fissato.

– Lo senti sí o no?

– Marco, piantala, per favore. Mangiamo.

Si è alzato da tavola come una furia. Ogni tanto lo fa, sembra seduto sulle spine o su un vulcano in eruzione: basta un niente per farlo scattare, si drizza in piedi, lasciando che la sedia cada alle sue spalle, la faccia gonfia e rossa e una voce rauca che gli esce dalla gola.

Quella sera, visto che nessuno gli dava corda sulla questione del fumo, ha preso il pacchetto di sigarette dallo scaffale e lo ha scagliato fuori dalla finestra, poi ha preso il cibo e ha gettato anche quello. – Ti scongiuro, calmati, – urlava mia madre, – finirà addosso a qualcuno –. Cercava di fermarlo, mentre lui percorreva la stanza con passi pesanti che facevano vibrare i bicchieri e non sentiva ragioni, avanti e indietro tra il tavolo e la finestra, prendeva i piatti pieni di pollo e li svuotava oltre il vetro, urlando che tanto valeva mangiarsi una cazzo di sigaretta. Era tutto terribilmente tragico, ma soprattutto terribilmente ridicolo, e guardarlo era intollerabile.

La notte di San Silvestro del 2011, in Arkansas, oltre mille merli sono piovuti dal cielo. Nessuno ha saputo spiegare da dove arrivassero e perché fossero morti in volo.

Stanco della nostra scarsa ospitalità, zio Ivan aveva trovato una sistemazione provvisoria altrove e aveva tolto il disturbo. Quindi, in casa, eravamo rimasti noi tre. Papà, la sera del casino con il pollo fuori dalla finestra, ha preso un cuscino e una coperta e ha dormito sul divano. Prima di andare a letto, mamma gli si è seduta accanto. Erano chiusi in soggiorno, io me ne stavo nel corridoio: ho appoggiato l'orecchio alla porta per origliare.

– Come ne usciremo? – ha chiesto lei.

Ho guardato dal buco della serratura e li ho visti lí, seduti uno di fianco all'altra. Non si toccavano. Senza rispondere, papà si è tirato la coperta fin sopra gli occhi e si è messo a dormire.

Mi mancava il fiato a pensare come Costa fosse riuscito a rovinare tre vite in un colpo solo.

Pensavo a mio padre e a mia madre giovani, cercavo di immaginarli a quella festa di compleanno in cui si erano conosciuti. Perché si erano innamorati? Lei era bellissima, lui un tipo ordinario. Però sognava in grande, mentre sembrava che a lei bastassero gli spazi bianchi tra le righe di un romanzo. Forse condividevano il desiderio di una famiglia e di una bella casa, la voglia di diventare tribú.

Credo che siano i desideri a tenere unite le persone. Quando i desideri di mia madre hanno preso un'altra strada, tutto è andato in vacca. Non voglio fargliene una colpa. I desideri sono una questione complicata, ci sono troppe variabili, a volte basta una luce strana che tira su il ricordo di un luogo o di un momento in cui stavi proprio bene, o di quella volta in cui hai preso una mazzata, credo basti quello per innamorarsi o per smettere di farlo.

C'era quella luce rossa, i riflessi del tramonto sul fiume che cadevano sul viso di Emma, il giorno in cui ho pensato che l'avrei amata per sempre.

Mille volte ho ripercorso la cronologia dei fatti per trovare il momento esatto in cui tutto è andato a catafascio. L'istante in cui mio padre si è accorto che mia madre non lo voleva piú, voleva Costa, mentre lui pretendeva ancora di essere scelto e amato. L'attimo in cui ha cominciato a ingigantirsi e a riempire ogni spazio vuoto di cose sue, con l'illusione di essere di nuovo guardato da sua moglie, di finire anche solo per sbaglio nel suo campo visivo.

L'esatto secondo in cui io, per la prima volta, mi sono chiesto chi fossero quei due, che sembravano i miei genitori ma non lo erano, perché i miei veri genitori non andavano a scopare in alberghi di merda, non singhiozzavano come poppanti accasciati sulle piastrelle del bagno. E chi fossi diventato io, che mi aggiravo come un sicario ad ammazzare quelli che mi garbava togliere di mezzo.

Lavori in pelle, avrebbe detto Rick Deckard, dopo averci guardato negli occhi e aver stabilito che non eravamo noi ma una versione Nexus 6 a cui si era fulminata la centralina.

A sconcertarmi non era che i nostri desideri si fossero allontanati. Né il dolore per il vuoto che avevano lasciato. Ma il fatto che piú ci sentivamo soli nella nostra disperazione, piú le nostre vite sembravano irrimediabilmente connesse.

Costa si era infilato nelle radici aggrovigliate della mia famiglia e ora le foglie del nostro albero crescevano ingiallite e accartocciate.

All'improvviso mi era chiaro che nessuno avrebbe mai scoperto le ragioni del mio mal di testa, perché il problema non era il mio mal di testa ma il *nostro* mal di testa, l'anomalia di un organismo collettivo.

Avrei dato qualunque cosa pur di riuscire a vedere quel

reticolo di connessioni che ci univano. Avrei tagliato quei fili sottili e invisibili per ricostruirne di nuovi, o per renderci liberi di andarcene ognuno per la sua strada. E buonanotte ai suonatori, come direbbe mio padre.

Guerra ha una bella casa e genitori simpatici e cordiali. Non c'entrano nulla, né la casa né i genitori, con Guerra l'idiota. Ho pensato che forse è stato adottato. Appena arrivato alla festa, ho cercato un posto in cui fosse facile mimetizzarmi. La grande libreria del soggiorno faceva al caso mio. Da quella postazione potevo camuffarmi e fare la cosa che mi riusciva meglio: osservarli a una distanza di sicurezza, dicendo a me stesso che io coi miei compagni non c'entravo, perché ero diverso e forse migliore di loro. Disprezzarli, prima che mi deridessero. Anche se non c'era nessun segnale che avessero intenzione di farlo. Ma tanto valeva giocare di anticipo. Ascoltare i loro discorsi e pensare che erano parole vuote e infantili, vuote e oscene. Avevo vinto la mia avversione per il pallone e avevo iniziato a collezionare figurine dei calciatori, giusto per avere un argomento da condividere. Non mi ero ancora accorto che le figurine le avevano abbandonate da anni, precisamente da quando avevano iniziato a orbitare sui siti porno.

Qualcuno aveva portato degli alcolici alla festa e li aveva nascosti nei cartoni del succo. Forse, però, era roba scadente perché ho visto Emma armeggiare nella borsa, estrarre una delle sue bottigliette di vetro da frigobar e versare quello che poteva essere gin nella sua Coca-Cola. E poi andare a ballare.

Aveva uno strano modo di muoversi. A occhi chiusi, i piedi immobili, come se avesse un paio di ventose sotto le scarpe. Faceva oscillare soltanto le anche e dondolava le spalle, tenendo sollevato il braccio che sosteneva il bicchiere mezzo pieno. Ogni tanto mi lanciava uno sguardo, allora distoglievo il mio, per non farle vedere che pendevo dalle sue labbra.

Quando finalmente i nostri sguardi si sono allineati, ha smesso di ballare e mi ha raggiunto.

– Bevi, – mi ha detto, porgendomi il bicchiere.

– No, grazie.

– La libreria sta su da sola, non è necessario che te ne stai qui a sostenerla.

– Sto bene, davvero.

– Vuoi sprecare tutta la serata a guardare stupidi video sul cellulare?

– Forse sí.

– Bevi.

– Sul serio, sono a posto.

Ha allungato il bicchiere, minacciosa.

– Ti piaccio?

Era bastata una frazione di secondo, il tempo di quella domanda, per mandarmi in paranoia. Non riuscivo a capire che cosa ci trovasse Emma in uno come me.

– Sí, certo che mi piaci, – ho biascicato. – Stai bene vestita cosí.

Aveva una maglietta bianca e un paio di jeans larghi e strappati che lasciavano intravedere le gambe magre e la pelle chiara. Lo smalto nero delle unghie era rovinato, vecchio di qualche giorno. Senza piú infezione, era ancora piú evidente che quella che nuotava sulla sua pelle non era una carpa koi. Casomai un tonnetto o uno sgombro. In ogni caso, era bellissima.

– Tu invece sembri l'inserviente di una casa di riposo.

Ero vestito di grigio dalla testa ai piedi.

– Allora, bevi.

Ho bevuto.

Un sorso, due sorsi. Ho finito quello che c'era nel bicchiere e mentre sentivo l'alcol prendere strade tutte sue, infrangendosi a ondate contro le pareti interne del mio corpo, ho provato qualcosa di totalmente nuovo, una pausa dal dolore, il condono dei miei peccati, la sensazione che non ci fosse niente di irreparabile nel mio passato e niente, niente di cui preoccuparmi nel futuro.

Sentivo i miei compagni parlare di Costa.

Non potevano esimersi dal fare il punto della situazione, che poi sembrava essere un punto morto. Nessuna cattiva compagnia, nessun movimento sospetto nei suoi conti bancari. Li ascoltavo come se parlassero di qualcosa che non mi riguardava.

Il van non era stato ritrovato. La zona era stata sorvolata da un elicottero, i sommozzatori avevano scandagliato il fiume piú a monte, ma niente. Il funerale non c'era ancora stato, in attesa che i medici legali completassero il loro lavoro. La mattina, nella sala del commiato di un'impresa di pompe funebri si era svolta una cerimonia senza il morto, in forma laica e strettamente privata. Un momento di ricordo, lo chiamavano. E anche noi avevamo fatto la nostra parte, ricordando Costa e porgendogli l'ultimo saluto. Fusco era venuto in classe, accompagnato dalla psicologa siberiana, e aveva alzato lo sguardo come alla ricerca del compianto professore, certo che fosse finito lassú, in qualche luogo ben al di sopra del soffitto.

Prima di andarmene dalla festa, ho chiesto a Guerra cos'era quella cosa che doveva dirmi.

– Ah, già, – ha risposto.

Sembrava imbarazzato. Ero certo che fosse una scusa e che ora non sapesse cosa dire. Invece lo sapeva.

– Sai l'ultimo giorno di Lorenzo Costa vivo? – mi ha detto. – Mi sono accorto che lo seguivi e allora ti ho seguito.

Non ho fiatato.

– Ero incuriosito. Cioè, cazzo, non è normale pedinare un professore. Vi ho visti. Lui si è fermato a quel bar di via Po. E tu ti sei fermato a pochi passi da lui. Te ne stavi a guardare il cellulare ma si capiva che lo stavi spiando. Poi vi ho visti davanti alla piscina. Vi siete guardati e poi lui è entrato e tu sei rimasto lí a guardare la porta chiusa. Non so cosa stavi aspettando, non è normale starsene un quarto d'ora a fissare una porta. Poi mi sono stufato perché non succedeva niente. Avevo fame, me ne sono tornato a casa.

Non battevo ciglio, non trovavo una sola cosa da dire.

– E niente, volevo solo fartelo sapere. Non ne ho parlato con nessuno.

Ho camminato fino a casa in una specie di trance. Mi sono messo a letto. Ero fermo, avvolto nelle coperte come in un bozzolo, ma avevo l'impressione di correre all'impazzata.

14.

Poi la professoressa Emilia Serra è stata interrogata dagli inquirenti nell'ufficio del preside. Aveva chiesto lei di essere ascoltata? O qualcuno aveva detto alla polizia che era salita nel furgone di Costa qualche giorno prima che lui venisse ucciso e lo stesso furgone svanisse nel nulla?

Era stato Guerra a vederla scendere dal vecchio Volkswagen posteggiato davanti all'ingresso della scuola. Pochi giorni prima dell'omicidio, all'ora dell'intervallo, se ne stava alla finestra con una sigaretta oltre il davanzale, pronto a spegnerla contro il muro e a gettarla in strada in tempo per non farsi beccare.

«Ho le prove che Costa e la Serra scopano», aveva urlato, e si era voltato verso di noi con aria trionfante. Non davamo mai retta a quello che diceva Guerra, ma la notizia era troppo succulenta per non prenderla in considerazione. Siamo corsi alla finestra a guardare, mentre lo scemo diceva: «Non spingete, se volete vedere la troia munitevi di biglietto».

Emilia Serra era appena scesa dal vecchio Bulli e ora attraversava la strada con le braccia cariche di libri. Non avevamo visto niente, non c'era nessun indizio che la professoressa fosse salita sul van di Costa per *quella* ragione. Ma il solo fatto di averla evocata rendeva *quella* ragione plausibile.

Forse Guerra si era sentito in dovere di fare la soffiata, e allora presto anch'io sarei stato convocato dalla polizia, torchiato per sapere le ragioni di quel pedinamento, messo alle strette, magari torturato. Mi vedevo in una cella di isolamento, privato del sonno, costretto a sedermi sul sedile appuntito della culla di Giuda, fustigato e flagellato per estorcermi una confessione. Per poi scoprire che la mia confessione non valeva niente.

La professoressa Emilia Serra, oltre che insegnante di lettere, è la responsabile della biblioteca scolastica. I colleghi le girano alla larga. È carina, cammina saltellando come fosse di ottimo umore, ma non è mai di ottimo umore, è solo un trucco per attaccare bottone, e quando attacca bottone è una caduta negli inferi della noia: «Ci vorrebbero piú tempo e piú risorse per aggiornare gli acquisti, – dice il disco rotto, – riordinare titoli e autori, applicare sulle copertine etichette adesive che riportino il numero di scaffale in cui i volumi, entro un tempo stabilito, devono tornare».

La professoressa Serra, quel giorno, come ha spiegato ai poliziotti, non era salita sul furgone per soddisfare i suoi squallidi istinti da vecchia quarantenne pervertita, ma per recuperare una serie di libri che Costa aveva preso in prestito e mai riconsegnato. Libri che ora giacevano nel mucchio delle restituzioni, in attesa che lei trovasse il tempo di ripulirli – «La gente manca di rispetto, restituisce libri pieni di sottolineature o briciole o addirittura peli, incredibile quanti peli perdano le persone quando leggono» – per poi ricollocarli nei legittimi scaffali.

Ma dell'impegno gravoso di Emilia Serra non fregava niente a nessuno e, a questo punto, nemmeno della sua reputazione. La notizia era un'altra: tra le pagine di quei libri provenienti dal furgone di Costa, era stato ritrovato il biglietto da visita dell'Hotel Zhao. Nella testa mi proiettavo il film dell'interrogatorio.

«Professoressa Serra, lei è sicura che questo biglietto non si trovasse qui da prima?»

«Sta scherzando, immagino».

«Molto bene. Molto bene».

Eravamo in mensa e stava quasi per suonare la campanella, la notizia dell'interrogatorio della Serra era rotolata tra i tavoli e ora i compagni non parlavano d'altro, io me ne stavo a fissare il piatto ancora pieno. Ero incapace di muovermi e, se avessi cercato di parlare, dalla bocca non sarebbe uscito alcun suono, ma avevo i sensi all'erta, mi sembrava di percepire la realtà a livello subatomico, come il Dottor Manhattan, sentivo le singole frasi in mezzo al frastuono della mensa, riuscivo, o credevo di riuscire, a isolare il fruscio delle gomme di un'auto sull'asfalto, al di là delle finestre aperte, l'ululato di un cane in lontananza, il rumore del dispenser di disinfettante nella stanza del preside e l'eco della risata vagamente isterica della professoressa Serra, dopo aver scoperto che Zhao è uno schifo di hotel periferico, un albergo a ore, dove la gente non va certo per leggersi un libro preso in prestito dalla biblioteca scolastica, né ci porta una moglie incinta.

Ottocento passeggeri del traghetto *Estonia*, mentre stavano affondando, sono rimasti seduti ai loro posti colpiti da paralisi cognitiva, incapaci di reagire e cercare una via di fuga.

Tutto stava precipitando velocemente. E io continuavo a fissare il piatto pieno, paralizzato come loro.

Poi, non so come, ho sentito il corpo sollevarsi dalla sedia, mi sono allontanato dal tavolo e ho trascinato le gambe fino in bagno.

Non riuscivo a trattenere le lacrime, erano calde, le ho asciugate con il dorso della mano. Che fatica sollevare quel braccio. Ogni singola cellula del corpo mi stava mandando segnali di fuga: Ehi, cazzone, urlava, se non scappi sei morto. Che razza di avvertimento era? Avevo scarpe di cemento e gambe di cemento, chiedereste a un blocco di cemento di muoversi veloce e squagliarsela?

Avrei voluto specchiarmi per vedere che faccia avevo, ma nel bagno della scuola non c'è nemmeno uno specchio.

Gli inquirenti sarebbero andati all'Hotel Zhao e non bisognava essere Philip Marlowe per immaginare il resto. Sapevo che prima o poi sarebbe successo. Ne ero certo da quella sera in cui una tivú locale aveva parlato del cadavere nel fiume, del corpo non identificato, della camicia blu e dello zippo nella tasca dei pantaloni.

Strano, comunque. Passi il tempo ad aspettare che una cosa accada e quando arriva il momento vieni colto alla sprovvista.

Ho pisciato tappandomi il naso con le dita: i gabinetti della scuola non hanno il sedile e la porcellana è sporca da far schifo, ho spinto il pulsante con il piede e sono rimasto a fissare il gorgo dell'acqua. Poi mi sono affacciato alla finestra del piano terreno, quella che dà sul cortile, sulla biblioteca e sulla stanza del preside. Se i poliziotti fossero rimasti nel sepolcro, dopo l'interrogatorio della Serra, avrei visto le loro sagome muoversi. Avevo la tentazione di raggiungerli e bussare alla porta di Fusco: «Signor Astori, – avrebbe detto Cacasotto, – sarebbe cosí gentile da indossare la mascherina?» Mi sarei messo la sua stupida mascherina, avrei disinfettato accuratamente le mani col suo dispenser di merda, sarei entrato piano e avrei confessato tutto. «Parli piú forte, signor Astori. Non si mangi le parole».

Ma che cosa sarebbe cambiato? Immaginavo gli inquirenti digitare su Google: «persone che uccidono con la forza del pensiero». Nella mia testa i poliziotti indossano sempre divise rigide e hanno grosse dita abituate a premere grilletti o a dare ceffoni ai delinquenti per farli confessare. È assurdo, lo so, ma li immaginavo impacciati davanti a una tastiera. E comunque non avrebbero trovato niente, avevo già passato ore a cercare prima di loro.

Un certo Robert Patrick Modell, in seguito a una malattia al cervello, aveva sviluppato un particolare potere di persuasione ed era in grado di indurre le sue vittime a uccidersi da sole. Ma era un personaggio di *X Files* e gli agenti Mulder e Scully lo avevano messo fuori gioco sparandogli un colpo.

Boriska Kipriyanovich, invece, diceva di essere un marziano adottato da una coppia russa. Diceva anche che i marziani vivono sottoterra e respirano diossido di carbonio. Era un bambino, ma sembrava che avesse scoperto cose sugli umani che nemmeno gli umani sanno, e sosteneva di avere poteri psicocinetici. Magari lui avrebbe potuto incasellarmi, aiutarmi, farmi sentire meno solo. L'ho cercato su tutti i social, nessuna traccia.

Insomma, se fossi andato a dire a un poliziotto che Lorenzo Costa era morto perché io avevo preteso che morisse, mi avrebbe preso per uno squilibrato.

«Si vedeva benissimo che non era tanto normale», avrebbero detto i compagni. A quel punto, uno strizzacervelli pagato dall'assicurazione avrebbe sviscerato le manie di controllo di mio padre e l'aggressività passiva di mia madre, per poi concludere – attenzione, sorpresa – che un trauma familiare sarebbe alla base dei miei stati allucinatori, accompagnati da emicranie e psicosi, panico, fragilità emotive, insonnia, rifiuto della vita sociale, e cosí via. In poche parole, alla base della mia follia. E alla fine tutto sarebbe rimasto come prima, a esclusione del fatto che avrei potuto dire a mio padre e a mia madre che sono due grandissimi stronzi senza provare il minimo senso di colpa.

Intanto, però, l'inchiesta avrebbe seguito il suo corso. Avrebbero forse arrestato un sospetto e poi lo avrebbero rilasciato per mancanza di prove. E a meno che non fossi riuscito nell'impresa definitiva, il mio capolavoro, desiderare e ottenere di farci fuori tutti in un colpo solo, mia madre sarebbe finita nel fango, mio padre si sarebbe irrimediabilmente spezzato e la vedova Costa avrebbe partorito nel dolore e nella vergogna.

Poi il delitto sarebbe stato archiviato come irrisolto.

Ho guardato l'orologio, si era fatto tardi, tra poco qualcuno sarebbe venuto a cercarmi. Come sarei sopravvissuto con quell'infamia addosso?

Le dita scivolavano veloci sullo schermo del cellulare scorrendo i titoli dei giornali. Non mi ero mai accorto che si commettessero tanti delitti. Qualcuno, in provincia di Milano, aveva ritrovato il cadavere di un uomo seppellito in un muro, cercavano il colpevole. Un trentenne era stato ucciso a coltellate per strada, a Pachino, nessuna traccia dell'omicida. Una donna era svanita nel nulla, vicino a Olbia: cercavano lei viva, oppure l'assassino e il corpo della vittima.

Sul sito di un istituto di ricerca ho trovato i dati degli omicidi insoluti. Uno su quattro.

Il 40% dei delitti avviene tra le sei del pomeriggio e la mezzanotte.

Il 12% delle vittime muore di venerdí.

Ho riguardato l'ora, strano che nessuno fosse venuto a vedere che fine avevo fatto. Mi sono lavato la faccia per togliermi le tracce del pianto, mi sono sforzato di respirare, ho impugnato la maniglia della porta per uscire dal bagno e tornare in classe, mi sono voltato di nuovo verso il cortile e ho sentito le gambe trascinarmi da quella parte, finalmente leggere, scavalcare la finestra, correre e raggiungere la bici legata alla rastrelliera.

Poco dopo pedalavo veloce, respirando aria densa e gas di scarico. Ho preso una via stretta procedendo contromano, ho infilato un viale, le ruote slittavano tra i binari del tram mentre folate di vento appiccicoso trascinavano nubi scure.

Una curva e poi l'ex fabbrica mi è comparsa davanti, ho fatto il giro del muro di cinta, ho cercato il varco che conoscevo, sono entrato e mi sono fermato in mezzo al grande cortile. La zona è in rovina, il tetto è crollato e i cespugli stanno divorando l'edificio. Una volta non era cosí.

Io e mio padre ci venivamo la domenica mattina, quando l'asfalto era ancora liscio e c'era il gelsomino sulle recinzioni. Posteggiava l'auto fuori dal varco e scaricava la mia piccola bici dal baule, dove mia madre si era premurata di mettere anche ginocchiere e gomitiere e un caschetto con la fronte allungata. Ma lui scaricava solo la bici perché tutto quell'armamentario era da fessi. Tornavamo a casa sudati e allegri, mamma ci aspettava sulla porta e mi accoglieva come fossi reduce da un addestramento nei corpi speciali, mi esaminava dalla testa ai piedi, «Stai bene?» chiedeva.

«È un campione», sorrideva papà.

Ho dato una spinta al pedale di destra per farlo aderire alla suola della scarpa, ho stretto il manubrio tra le mani e ho cominciato a pedalare, col corpo sollevato, scansando le buche, le bottiglie rotte, le siringhe, e aspirando il puzzo di piscio e la polvere che vorticava attorno alle ruote. Di sicuro, a quell'ora, la scuola aveva avvisato casa della mia scomparsa.

Ho preso velocità e mi sono messo a girare in tondo.

– Com'è possibile che hai fatto tutto da solo? Hai bevuto? – mi avrebbe chiesto piú tardi mio padre.

– No.

– Guardami quando ti parlo. Hai bevuto?

– No.

– Ti sei drogato?

– No. Certo che no.

– E allora mi vuoi spiegare che diavolo è successo?

– Te l'ho detto, non mi ricordo, non ricordo piú niente, forse i freni non funzionavano.

– I freni sono a posto. Li ho appena controllati.

– Forse non hai controllato bene.

Si sarebbe guardato le mani, incerto se usarle per abbracciarmi o per prendermi a schiaffi.

– Perché ci dai queste preoccupazioni, Nico? Pensi che ce lo meritiamo? Guarda tua madre. Pensi che se lo meriti?

Il cielo era diventato nero, tra poco sarebbe venuto giú il finimondo e io mi ero stufato di girare in quel cortile e di perdermi in congetture. Ho guardato il muro della fabbrica, l'intonaco era scrostato, ansimavo per la fatica e per la paura, ho staccato il culo dal sellino, ho spinto con tutte le forze sui pedali, ho preso velocità. Se non funziona, mi sono promesso, confesserò tutto a Emma, le dirò che sono stato io, perché questo peso, da solo, non riesco piú a sostenerlo. Ho visto la parete avvicinarsi e non ho curvato. Ho mantenuto la rotta, dritto, contro il muro.

– Santo cielo, – ha detto Flora.

– Porco cazzo, – ha detto Emma.

Non ero certo un bello spettacolo quando sono arrivato al bar. Con la faccia e le braccia distrutte e il sangue che mi colava sulla maglietta e sui jeans già bagnati di pioggia.

– Ti hanno investito?

– No no, ho fatto tutto da solo. Cioè, nel senso che volevo proprio farlo.

– Santo cielo, – ha ribadito Flora.

– Cazzo, – ha detto Emma. – Tu sei completamente fuori.

Allora ho spiegato che volevo dimenticare una cosa.

– Che cosa?

– Be', è un po' complicato.

– Ma perché volevi dimenticarla?

– Perché non mi fa dormire.

– E ci sei riuscito?

– No.

– Santo cielo. Come Christian Bale nell'*Uomo senza sonno*, – ha detto Flora.

– Porco cazzo, – ha detto Emma.

Oggi

1.

Onde di vento sbattono contro la cima delle montagne, si rompono e l'aria schizza in tutte le direzioni, risucchiando l'aereo che all'improvviso precipita e poi riprende quota. È sempre durante le turbolenze che mi scappa. L'hostess invita i passeggeri a stare seduti con le cinture allacciate, mi slaccio il bottone dei pantaloni per non sentire la stoffa che preme contro la vescica, frugo nelle tasche per cercare qualcosa da masticare.

Lei è carina, ha un lieve accento dell'Est e gli occhi trasparenti, è trasparente anche la pelle, potrebbe chiamarsi Denisa, Ana o Alina. Ha i capelli biondi raccolti in una coda. È la stessa hostess che ho incontrato ieri sul Boeing 777 diretto a New York e due giorni fa su un Airbus per Londra.

All'Hotel Zhao la polizia non ha trovato nessuna traccia né di Costa né di mia madre: i proprietari non registravano le generalità dei clienti. L'albergo è stato chiuso coi sigilli. Sono andato lí davanti e sono rimasto a fissare la porta, volevo trasmettere telepaticamente la mia gratitudine per aver commesso un reato che insabbiava il mio.

Me la sto facendo sotto, ma capisco che stiamo per attraversare una zona di turbolenza piú forte, potrebbe essere quella buona. Sul viso e sulle braccia ho ancora ferite che non si richiudono. Con le unghie tormento le croste che tornano a sanguinare. Avrei dovuto cancellare le prove della mia colpa dalla cronologia della rete, i file salvati nel cloud, bruciare i taccuini e roba del genere, prima di rischiare di restarci secco, sfracellato contro il muro della fabbrica. Avrei dovuto sbarazzarmi anche del diario che elenca tutti i film scaricati illegalmente da internet. Morire immacolato. E lasciare due righe sulla collezione di *One Piece* che conservo come una reliquia nella libreria della mia stanza. Se morissi, mia madre potrebbe buttarla nel cassonetto senza mai scoprire che vale una fortuna.

Sono passati quindici giorni da quando Emma ha infilato la sua lingua tra le mie labbra – per la prima e ultima volta e per un tempo troppo breve –, tredici giorni dal mio primo attacco di panico, la notte dopo la festa di Guerra, dieci giorni da quando ho pedalato dritto contro il muro. Trenta giorni dalla morte di Lorenzo Costa.

Non so se il ricordo del bacio di Emma mi rende felice o triste. Me ne sarei aspettato un secondo e un terzo e cosí via.

Fa un caldo insopportabile. Sento la fronte gocciolare e ho due saponette al posto delle mani. «Accendi l'aria condizionata», dice sempre mio padre. Sono contrario all'aria condizionata. Se non avessi ansie piú urgenti da affrontare, sarei un eco-ansioso.

Quando mi prende l'angoscia mi sforzo di concentrarmi su Emma. A volte funziona, altre volte pensare a lei mi rende ancora piú inquieto. Quando Emma si accende una sigaretta, conto i secondi che impiega ad aspirare ed espirare il fumo. Cerco di interpretare il suo umore dal sibilo leggero che l'aria produce attraverso le labbra socchiuse: se fuma velocemente capisco che è nervosa, se fuma lentamente temo sia per noia.

Ho sempre paura di deluderla per una parola di troppo o per un gesto che potevo evitare. A volte penso una frase che giudico intelligente, ma non appena la pronuncio vorrei strapparmi le corde vocali e resto muto per un tempo infinito. – Adesso che t'ha preso? – chiede lei.

Innamorarsi è una fatica inaudita.

La notte è piú dura. Ho palpebre come macigni ma non riesco a tenerle chiuse. Da qualche sera a questa parte, prima di mettermi a letto, verso lo Xanax nell'acqua e mi tappo il naso per bere. Il medico ha suggerito di diluirlo nel succo di frutta. – Cinque gocce e non una di piú, – si raccomanda mio padre quando è a casa, e rimane in piedi a osservarmi, con la spalla appoggiata allo stipite della porta, per essere certo che non sbagli a contare. È solo preoccupato o sospetta qualcosa? Mi tiene d'occhio. Si apposta in un angolo e mi scruta, come se volesse leggermi dentro o come se avesse anche lui qualcosa da nascondere. Faccio il segno della croce, poi provo ad appoggiare il cuscino sugli occhi per non vedere la luce dei lampioni che filtra dalle persiane. Mia madre, come ogni sera, urla dall'altra stanza: – Hai messo la sveglia? – La scuola è finita ma non ha metabolizzato la notizia. Se non avesse sempre la testa da un'altra parte, ci sarebbe lei appoggiata allo stipite, «Dammi qua», direbbe, e prenderebbe la boccetta, verserebbe lei stessa le gocce nel bicchiere, dicendomi poi che la porta della sua camera è aperta, «Se hai bisogno chiama, se fai brutti sogni chiama, se non riesci a dormire chiama», mentre ora mi gira attorno senza vedermi, mi chiede come sto e ha già cambiato stanza prima di sentire la risposta.

Da quella notte in cui li ho spiati, mio padre e mia madre non hanno piú dormito nello stesso letto. Lei dorme in camera, lui sul divano. A volte si addormenta in poltrona e si risveglia che è un catorcio. Quando fa troppo caldo dorme all'aperto. Le sue migrazioni notturne sono incomprensibili. Potrebbe prenderci a calci in culo, annientarci con quella voce poderosa, calpestarci col suo peso. Invece gonfia il materassino da spiaggia, in silenzio, e lo sistema in terrazza.

La scatola nera non è per niente nera, è arancione, e può sopportare temperature fino a mille gradi. Dovrei essere ragionevolmente tranquillo: la probabilità di morire in un incidente aereo è una su undici milioni, quella di finire in bocca a uno squalo è una su tre milioni. Ma se rimanessi tranquillo a guardare il panorama dall'alto che gusto ci sarebbe? A lungo andare un panorama vale l'altro. Ecco la turbolenza che stavo aspettando: una nuova onda di vento inghiotte l'aereo e lo fa andar giú per venti o trenta metri. I passeggeri urlano, dalle cappelliere si staccano le maschere per l'ossigeno.

Quando sono a letto, a luci spente, le pareti della stanza continuano a oscillare e l'aria cambia consistenza, diventa piú densa. Allora mi alzo, cammino senza accendere la luce, calpesto le scarpe e i vestiti che ho lasciato a terra, mi siedo al computer e scarico un film o un videogioco. A volte ci sono black-out nel quartiere, si spegne tutto e gli allarmi si mettono a suonare. Un'agonia.

Di giorno, le cose vanno meglio. Cerco di essere piú tollerante con me stesso, penso meno al futuro. Cammino – non possiedo piú una bici e dovrò aspettare un bel po' per meritarne un'altra, ha detto mio padre – oppure salgo sui mezzi pubblici, nessuno fa caso a me, un sedicenne qualunque, lo sguardo affondato nello schermo del telefono, i pollici veloci sulla tastiera. Mi guardo attorno: la commessa del supermercato, il ragazzo sul monopattino, la donna che cammina sotto i portici con un bambino in braccio, lo sconosciuto al semaforo. Ci scambiamo uno sguardo e, senza nessuna ragione se non quella di sentirmi meno solo, penso: Ecco, ci siamo riconosciuti, noi che dissimuliamo, che nascondiamo mostri.

– La botta di fortuna dell'Hotel Zhao dovevamo prenderla come un segno, – ha detto Emma. Chi gestisce i destini lassú ci ha dato un suggerimento inequivocabile. Emma è convinta che Dio può contare i capelli sulle nostre teste e ascoltare tutti i pensieri. È chiaro che ne aveva le palle piene di ascoltare tutte le mie congetture sui possibili sviluppi. Che poi davano origine ad altre congetture e possibili finali.

Devo lasciarmi il passato alle spalle e guardare avanti, continua. Ma sul serio questa creatura meravigliosa ha incollato le sue labbra alle mie? Quando ci penso, penso anche che la sfortuna non può durare per sempre. E allora ci provo con tutte le mie forze, a guardare avanti: a volte riesco a far passare una buona mezz'ora senza pensare che per me è finita.

Pare che stiamo sorvolando Milano, ma le nubi sono spesse e non si vede un accidente. L'hostess con gli occhi e la pelle trasparenti invita i passeggeri ancora in coda per il bagno a tornare ai propri posti e ad allacciare le cinture. Il mio vicino filma tutto col suo smartphone: ha una risata isterica, occhiaie cosí nere che sembra lo abbiano preso a pugni. La visibilità è zero, scommetto che il pilota non sa piú com'è girato l'aereo. Potremmo precipitare, avvitarci come un cavatappi e sbriciolarci al suolo.

Sullo schermo compare una scritta: STAI STRESSANDO L'AEROMOBILE.

Lascio il mio posto da passeggero e raggiungo la cabina di pilotaggio, mi siedo sullo strapuntino, i due piloti non fanno caso a me, sono troppo impegnati a urlare «Cazzo, stiamo precipitando», e a muoversi sui comandi come indemoniati. E all'improvviso sto proprio bene. Niente attacchi di panico, pensieri azzerati, nessun rimpianto. Quella storia che la vita ti passa davanti? Zero. A malapena mi viene in mente che il mio ultimo pasto è stato un hamburger di McDonald's. Voglio solo sentire lo schianto e poi prometto che cercherò di dormire.

Ma non c'è nessuno schianto perché lo schermo diventa tutto nero. Questi cazzo di black-out. Mi alzo dal computer. Pablo ulula imitando le sirene degli allarmi. Gli ordino di piantarla.

Pablo conosce le parole pappa, guinzaglio, pallina, seduto, fermo, sali. Se gli chiedo con tono severo: «Chi ha fatto questo?» abbassa le orecchie e mette la coda tra le gambe. Batto il palmo della mano sul materasso e sale sul letto. Mi lecca le caviglie, sospira e mi appoggia il muso sulle gambe. Ha un bel modo di venirmi vicino quando sto da schifo. Include la mia sofferenza nella sua vita senza dare giudizi. È una cosa che c'è e lui la accetta, come fosse una legge di natura, una necessità corporale. «Fai scendere quel cane dalle lenzuola pulite», dice continuamente mia madre. Faccio di nuovo il segno della croce e mi giro sul fianco, con le gambe piegate e le mani intrappolate tra le ginocchia. Pablo si addormenta in un istante e comincia a russare. Lo scosto con un piede perché mi tiene troppo caldo. Si sveglia, fa un paio di giri su se stesso e ritrova la stessa identica posizione di prima.

È tornata l'ansia. Mi sembra di respirare aria spessa attraverso una cannuccia molto sottile.

A volte, dopo le notti piú difficili, mi sveglio ed è tutto nuovo. Non riconosco le dimensioni degli oggetti, la compattezza delle strade sotto i piedi. Le persone mi passano vicino e vengo investito dallo spostamento d'aria che provocano. Allora chiamo Emma sul cellulare, ridiamo per qualche cazzata, se mi distraggo smetto di sprofondare nell'asfalto e gli oggetti tornano quelli che erano. – Però non si può andare avanti cosí, – dice lei. Secondo Emma, il trauma si è annidato da qualche parte nel mio organismo. Se non lo togliamo da lí, capace che mi sbecca il cervello. Vuole che andiamo alla spiaggia. *Quella spiaggia.*

– Sei fuori? – le chiedo.

– Senti, andiamo lí, guardiamo questo cazzo di fiume, tu ti convinci una volta per tutte che non eri sulla scena del delitto quando Costa è annegato, e che quindi non c'entri con la sua morte o c'entri poco o pochissimo, giusto una colpa da niente. Magari qualcosa si sblocca, magari ti accorgi che non hai nemmeno voluto che morisse, che è un falso ricordo.

– Non è un falso ricordo.

– Lo dicono tutti quelli che hanno un falso ricordo.

– Perché dovrei ricordare una cosa che non ho mai pensato?

– E io che cazzo ne so?

– È una scemenza. Non ho falsi ricordi.

– Tutti ne abbiamo.

– Non credo proprio, comunque ok, andiamo. Visto che ci tieni tanto, andiamo.

– Ok, allora.

– Tu hai falsi ricordi?

– Sí.

– Dimmene uno.

– Hai presente Darth Vader e Luke?
– Luke, io sono tuo padre?
– Non l'ha mai detto.
– Certo che l'ha detto.
– Ti dico di no. Anch'io mi ricordo che l'ha detto, ma non l'ha mai detto. Non cosí.
– Luke, io sono tuo padre, cosí ha detto. L'ha guardato attraverso quella cazzo di maschera e gli ha detto: Luke, io sono tuo padre.
– Ti dico di no. Anch'io ero convinta ma sbagliavo.
– Sei pazza.
– Guarda il film.

2.

Pensavo di trovare troupe televisive, telecamere sistemate sui cavalletti, la zona delimitata dal nastro giallo e nero della polizia e che, al nostro arrivo, tutti si sarebbero voltati a guardarci: due ragazzini e un cane. «Che ci fate sulla scena di un crimine?» ci avrebbero chiesto.

Invece niente. Non c'è nessuna traccia della morte di Costa. Nemmeno sul fiume. Se un pezzo di fiume diventa una tomba, non dovrebbe scorrere tale e quale a prima. Non so cosa mi aspettassi di preciso: di vedere l'acqua fluire al contrario, un piccolo vortice a indicare il tratto esatto in cui i polmoni di Costa si erano arresi, qualcosa fuori posto, un segno che mi saltasse agli occhi e che nessuno prima di me aveva notato. Questo nulla è insopportabile.

Siamo arrivati in pullman. L'autista ha fermato al capolinea, poco prima del sentiero che porta alla spiaggia, e ci ha fatti scendere senza spegnere il motore. Pablo è volato fuori come una fucilata e in un istante si è dileguato tra i cespugli. Che idea stupida portare il cane. Passerò il tempo a urlare e a chiamarlo perché non si allontani.

Ci leviamo le scarpe e camminiamo a piedi nudi sulla sabbia umida fino a riva. Mettiamo a terra gli asciugamani. Il cielo è velato, tolgo gli occhiali da sole. Per non infilarli in una scarpa, continuo a rigirarmeli tra le mani. Sono certo che su questa spiaggia ho vissuto momenti felici quando ero ancora bambino, ma non riesco a ricordarne nemmeno uno. Ricordo invece quando papà infilava gli occhiali nei suoi mocassini e poi si copriva il viso e il corpo di crema solare, una di quelle creme che non si assorbono mai. Sembrava un cadavere appena estratto dal sudario. E ricordo l'espressione di mia madre mentre diceva che il sole non era poi cosí forte, che eravamo in riva a uno stupido fiume a venti minuti da casa e non su un'isola tropicale. Lo guardava immergersi nell'acqua scura e riemergere con la pelle brillante di crema, sentivo che se ne vergognava, io mi vergognavo, e forse lei si metteva a leggere un libro per non pensarci.

Non ho ricordi belli di questa spiaggia perché l'imbarazzo divora tutto.

Mio padre avrebbe dovuto avere piú poesia. O avrebbe dovuto prendere i libri di mamma e bruciarli prima che le venissero idee megalomani sul matrimonio.

«Vai a cercare qualcuno con cui giocare», mi diceva. Aveva la voce delusa perché sentiva che il fastidio di mamma era diventato un muro tra loro. E io andavo, lasciandoli a malincuore, lui che sembrava un fantasma e lei che aveva la faccia di una che era stata imbrogliata. Facevo un giro rapido per la spiaggia e tornavo. «Non hai trovato nessuno?» «Nessuno». Manco lo avevo cercato, un bambino. Avevo l'impressione che, se restavo nei paraggi, tutto si sarebbe risistemato. E, in qualche modo, si risistemava.

Pablo è finito in acqua. Fischio, gli urlo di tornare ma non mi dà retta, nuota verso la diga come se inseguisse qualcosa che vede solo lui. Le nubi si sono dissolte e non c'è un alito di vento. Un gabbiano disegna strane parabole nell'aria, chiudo gli occhi e mi sembra di vederlo anche attraverso le palpebre abbassate. Dal fiume sale quell'odore di fango e di alghe. Una donna accanto a noi se la prende col marito perché non ha portato da bere.

Dico a Emma che prima dell'arrivo di Costa i miei genitori non litigavano mai. Però sembravano spesso delusi. Le dico che le piccole delusioni si accumulano e diventano un cannibale che ti divora da dentro. Lei dice che Pablo si sta allontanando troppo e che forse dovremmo preoccuparci.

– Merda.

– Dobbiamo entrare in acqua e andare a prenderlo.

Farei qualunque cosa pur di non togliermi la maglietta e mostrare la pelle chiarissima come quella di mio padre. Allora prendo tempo.

Emma indossa un paio di jeans talmente larghi che potrebbero ospitarci in due. E una camicia a scacchi.

– Mi piace la tua camicia, – dico.

Per tutta risposta lei se la sfila e resta in reggiseno. Se non si nascondesse dentro tutta quella stoffa, la gente si girerebbe di continuo a guardarla.

Non è la prima volta che mi piace una ragazza. Ci sono state compagne di scuola a cui ho pensato, le seguivo su Instagram e ho perfino immaginato di baciarle. Non ho fatto il primo passo perché temevo di essere un impedito del cazzo. Con Emma è diverso. Se dopo quel bacio non ci ho provato, è perché ho paura di perderla. Quindi aspetto che sia lei a riprovarci. In tasca ho le chiavi della casetta di mio padre, quella vicino alla spiaggia. Non è un posto di cui vado orgoglioso, ma è cosí inculato nel bosco che nessuno ci vedrebbe se a lei venisse in mente di infilare di nuovo la lingua tra le mie labbra. E questa volta sarei pronto a rispondere. Piegherei leggermente la testa di lato, chiuderei gli occhi e via col mulinello.

– Vogliamo entrare sí o no?

Ha l'acqua che le arriva già alle ginocchia e mi fa segno di sbrigarmi. Sono costretto a sfilarmi la maglietta e a tuffarmi. Pablo è esasperante, appena uno si distrae scompare o scava buche sulla spiaggia o si butta nel fiume e fa il matto. Lo raggiungiamo nuotando contro corrente e riusciamo a trascinarlo a riva prendendolo per la coda.

Per riacciuffare Pablo abbiamo superato la spiaggia e siamo approdati alla riva a ridosso della diga. Ci arrampichiamo sui massi sommersi, aggrappandoci ai salici per resistere all'argine che si sfarina sotto i piedi e ci trascina di nuovo in acqua.

Facciamo ancora un centinaio di metri a monte del fiume, dal punto in cui siamo si vede la confluenza tra il Po e lo Stura. Ci sediamo sul sentiero. È probabile che il corpo del professore sia finito in acqua da questo tratto di lungofiume, e che poi abbia trovato l'ostacolo della diga e tutto il resto.

Pablo si scrolla per asciugarsi. Stringo il collare nella mano e gli impedisco di andarsene di nuovo. Dopo qualche strattone, si rassegna, si accuccia al nostro fianco e si mette a scavare. Fa sempre cosí, scava una buca e poi va a cercare qualcosa da nasconderci. L'acqua fredda mi ha arrossato le cicatrici dell'incidente in bicicletta, ora luccicano al sole.

Emma sfiora il taglio sullo zigomo.

– Fatica a guarire, – dice. – Ti fa ancora male?

– Solo quando me lo ricordi.

Restiamo in silenzio. Le notizie sulla morte di Costa si sono diradate, i giornali non hanno piú niente da dire, aspettano i risultati definitivi dell'autopsia.

Mi mangio le unghie.

– Chissà che fine ha fatto la moglie, – dico a Emma.

Ho sempre paura di incontrarla per strada.

In un'intervista, poco dopo aver identificato il cadavere del marito, aveva detto che non poteva credere a quella morte assurda, che non poteva accettarla. E che doveva pensare al suo bambino.

Non vorrei fare il giornalista neanche per tutto l'oro del mondo. Il tuo capo che ti guarda e ti dice: «Vai a intervistare la vedova». A cadavere ancora caldo. E tu cosa fai? Le telefoni e giú dritto a chiederle: «Cosa ne pensa dell'accaduto?» Le offri un caffè e le proponi di fare due chiacchiere? La aspetti sotto casa? La segui mentre porta il cane al parco?

– A questo punto la pancia sarà cresciuta, – dice Emma, spiandomi con la coda dell'occhio. – Avrà comprato vestiti piú larghi.

La mia Emma. Voleva guarirmi e invece mi sento ancora peggio. Ho i brividi e la pelle d'oca.

Non è stata un'idea geniale venire qui. Fisso il fiume, immagino Costa a faccia in giú nell'acqua scura, penso cos'ho fatto io per meritarmi la sfortuna di far accadere quello che desidero. Tra tutti i talenti che potevano capitarmi, questo è il piú merdoso. Preferirei essere l'attaccante della squadra del liceo, quello con l'ipostatura e i piedi a tenaglia. O perfino Guerra, che apre bocca solo per vomitare cazzate. O addirittura preferirei essere Arcuri, che fa puzzare l'aria come se sudasse gomme bruciate e ha sempre il vuoto attorno. Sento che sto per scoppiare a piangere. Sono fatto di lacrime.

Ho letto da qualche parte che se gli abitanti della Terra piangessero insieme, diciamo una media di 55 lacrime a testa, si potrebbe riempire una piscina di 50 metri per 25.

Sinceramente, pensavo di piú.

Emma mi fa: – Nico, io non ci credo.
– A cosa?
– A questa storia dei tuoi poteri. Insomma, mi sembra una stronzata.

Ce ne restiamo in silenzio. Il fiume, in quel tratto, sembra immobile. Abbiamo i costumi bagnati e siamo seduti sulla terra e sui sassi. Scelgo i piú levigati e leggeri e li ammucchio da un lato.

Ne prendo uno e le mostro come impugnarlo. L'impugnatura è tutto in queste cose: con l'indice della mano destra lungo il bordo e il pollice sulla parte piatta del sasso. Distendo il braccio, la mano stretta sulla pietra, inspiro, ruoto il polso e, sbuffando via dai polmoni tutta l'aria, lascio che il polso torni indietro di scatto come una molla. Guardiamo il sasso che corre a pelo d'acqua per una decina di metri, comincia a sfiorare la superficie, a rimbalzare e a planare di nuovo, si risolleva, scivola e poi si inabissa e scompare. Prendo un altro sasso e lo lascio scivolare nella mano di Emma: – Prova tu, – le dico.

Deve sentirsi in colpa per avermi portato qui, perché quando dico che le voglio bene non mi tira neanche un pugno e quando le chiedo se vuole vedere la casetta di mio padre risponde: – Certo che voglio.
– Non è proprio una casa, – preciso. – È piú una stamberga.
– Andiamo, – dice lei.

Procediamo in mezzo ai noccioli e a macchie di biancospini. Il sentiero è piú stretto di come lo ricordavo, ma ero piú piccolo io. Qualcosa si è mosso tra le foglie, le cicale si zittiscono, Pablo alza il muso verso la cima degli alberi, Emma si inchioda: – Cos'è stato? – Le do una spinta. – Sei una cacasotto, – dico. Forse era un merlo o un martin pescatore. – Vai avanti tu, – mi fa.

E se Emma avesse ragione? Se non avessi niente a che fare con la morte di Costa?

Ho trascorso l'ultimo mese a invocare un miracolo che mettesse fine a questo incubo, ma cosa accadrebbe se finisse davvero?

Che farei la figura del coglione, ecco cosa.

Emma mi sfiora e mi supera di nuovo sul sentiero. – Cammini come una lumaca, – dice. Sento l'umidità del suo corpo, una piccola ondata di sudore e vaniglia. Poi vedo la casa, anche lei sembra rimpicciolita.

Ci sono bottiglie vuote per terra e il recinto di legno che delimita il giardino è tutto scrostato. Il profumo del tiglio è cosí forte che fa girare la testa.

– Sei pronta?

– Pronta.

Infilo le chiavi nella serratura arrugginita. Faticano a entrare. La porta deve essersi gonfiata e adesso geme e sfrega sulle piastrelle mentre si apre.

– Stammi vicino cosí non ci perdiamo, – dico.

– Cretino, – dice lei.

A parte le dimensioni e le macchie di muffa sul soffitto, è tutto come lo ricordavo. C'è veleno per topi sul pavimento, accorcio il guinzaglio di Pablo per impedirgli di mangiarlo.

– Ma che senso ha?

Per la prima volta me lo chiedo anch'io. Guardo la cucina che nessuno ha mai usato, un set di piatti e bicchieri ancora nelle scatole, nessun effetto personale. Nella stanza da letto, un paio di reti a doghe senza materasso. Mi chiedo come abbiamo potuto fare questo a mio padre. Disprezzare questa casa e lasciarla andare in malora.

Disprezzare i sogni di un altro dovrebbe essere reato.

Sono cosí giú di morale che spero che Emma non provi a baciarmi ora perché sono certo che andrebbe tutto storto.

– Camera, bagno e cucina, – le dico. – Il giro turistico è finito. A meno che tu non voglia vedere anche il garage.

– Ho diritto al giro completo.

La prendo per mano e usciamo dalla casa prima che le nostre narici si decompongano per la puzza di fogna che esce dagli scarichi. All'esterno, respiriamo a fondo il profumo del tiglio mentre andiamo alla rimessa. C'è un lucchetto che chiude l'ingresso.

– Non hai le chiavi?

– Prima non c'era.

Emma lo osserva da vicino.

– Ha l'aria di essere nuovo.

La casa è disabitata da tanto di quel tempo: è probabile che qualcuno usi il garage di mio padre per metterci vecchie cose che non sa dove lasciare. Chiunque abbia piazzato questo lucchetto, comunque, è un abusivo, quindi non dovrei sentirmi come se fossi io a commettere un crimine orrendo. Invece ho il cuore in gola mentre avvicino la faccia alla fessura tra la cerniera della porta e il muro. Mi incollo all'anta, ci vuole un istante prima che gli occhi si adattino alla semioscurità. Smetto di respirare quando riconosco la sagoma di un furgone. Con le mani, schermo la luce ai lati degli occhi per vedere meglio. C'è una sottile lama di sole che entra dalla finestrella sul retro. La polvere sembra danzarci dentro. Quello è il furgone di Lorenzo Costa.

3.

Entro in casa e chiudo la porta con un calcio. Sento mio padre dall'altra stanza che urla: – Guarda chi si rivede –. Mi raggiunge trascinando i piedi come se avesse un peso sulle spalle. – Si può sapere dove diavolo sei stato? Eravamo in pensiero.

Entro in bagno e sbatto la porta con un altro calcio. Poi sbatto anche la porta della mia camera e chiudo a chiave.

– Riapri subito e fatti guardare, – urla dal corridoio.

Ora mi chiederà se ho bevuto o mi sono drogato.

– Hai bevuto? Ti sei drogato?

Mi sfilo le scarpe e le scaglio in un angolo. Finiscono dritte contro il muro lasciando una sottile scia di sabbia.

– Hai sentito cosa ti ho detto? Esci e fatti guardare in faccia o puoi dire addio ai tuoi privilegi.

L'unico privilegio che mi viene in mente in questo momento è che sarà lui a bruciare all'inferno al posto mio.

La mattina dopo, mia madre fuma seduta al tavolo della cucina. Mi fissa e spegne la sigaretta nella tazza. La brace sfrigola per un istante nel fondo del caffè.

Devo avere un'aria sconvolta perché si alza e mi viene incontro. M'abbandono a peso morto nel suo abbraccio e scoppio a piangere. Da quanto tempo non mi facevo consolare da lei?

– Ehi, che succede?
Mi accarezza i capelli. Mi bacia le tempie.
– Non vuoi dirmelo?
Faccio segno di no con la testa.
Cosa potrei dirle? Che fino a ieri ero un assassino e che ora, invece, sono il figlio di un assassino?

Sento i passi di mio padre. Si alza sempre spossato e trascina i piedi gonfi, le gambe gonfie. Credo che la sua malattia sia peggiorata. Si è tagliato la barba, ha la faccia grigia, i contorni del viso pendono asimmetrici verso il collo. Ha la testa da un'altra parte, come sempre; da quand'è che si scorda le cose? Penso a quel giorno di caldo feroce in cui ha dimenticato Pablo chiuso in auto. O a quando ha messo la casa a soqquadro perché non trovava l'insulina. «Dovresti fare qualcosa per la tua memoria», non fa che ripetergli mamma. Lui risponde che la sua memoria sta benissimo, ma si vede lontano un miglio che l'idea di perderla lo manda in paranoia.
Si avvicina ma non alzo lo sguardo, osservo le vene blu delle caviglie e il bordo del suo pigiama. Nella stanza c'è ancora l'odore di fumo della sigaretta, ma non ci fa caso.
– Che succede? Perché sta piangendo? – chiede.
– Niente. A quest'età non hai bisogno di una vera ragione per piangere, – risponde mia madre. Poi allunga una mano, gli accarezza una caviglia e dice: – Mi spiace cosí tanto.
Lui fa quasi un balzo indietro, come se quella carezza gli avesse dato la scossa, si volta e se ne va.
Ma siete scemi? penso. Mi prende una tale rabbia che mi alzo di scatto. Voglio allontanarmi da loro perché non ci capisco piú niente, corro in soggiorno e mi accorgo che papà non ha dormito sul divano. Allora mi viene un dubbio atroce. Salgo in terrazza, non ha dormito neanche lí.

E all'improvviso divento una furia, prendo a calci tutto quello che trovo. I gerani esplodono. I rami si squarciano e saltano in aria, i fiori si spaccano e mi lasciano tracce rosse sulle scarpe. Torno in camera mia, sbattendo di nuovo la porta. Quei due sono completamente pazzi e si sono messi d'accordo per fare impazzire anche me.

Resto in camera con la porta chiusa a chiave e perdo la cognizione del tempo. Che cosa diavolo può essere successo? Fino al giorno prima sembrava che lui non ne facesse una giusta. E adesso sembra che sia lei quella sbagliata. Ho l'impressione che fuori dalla mia stanza avvengano collisioni incontrollabili, che fuori da qui le molecole contenute in questa casa interagiscano e si scontrino, provocando reazioni chimiche impreviste. Le molecole iniziali si modificano, si spezzano e si riassemblano a caso.

Quindi esco dalla mia camera solo per andare a pisciare e per esercitarmi davanti allo specchio del bagno, devo riuscire a mettere a punto un'espressione indifferente, sguardo vacuo, naso leggermente arricciato, voglio che sappiano che non mi importa di loro. Volete disprezzarvi a giorni alterni, rovinarvi la vita e poi tornare a dormire nello stesso letto? Accomodatevi, spero solo che prendiate qualche precauzione perché il vostro Dna smetta di riprodursi. E comunque mi piacerebbe vederla, la faccia di mia madre, se entrasse in quel garage.

A volte percorro il corridoio in punta di piedi e corro fuori per andare da Emma.

Fuori da questa stanza per me non c'è piú niente, tranne lei. Resto sempre in attesa della vibrazione del telefono che mi annuncia un suo messaggio. Ogni tanto vedo che mi sta scrivendo, tre puntini lampeggiano nella pagina del suo profilo, passa un tempo infinito, un minuto, due minuti, tre minuti.

«Come stai?» mi scrive alla fine. Ci penso un bel po' e poi rispondo: «Bene, dài». Oppure mi invita da lei per vederci un film. È sempre Flora a scegliere cosa guardare: il suo Riki è sparito e la scelta si concentra su film tristi con musica ancora piú triste. Ce ne stiamo sul divano, a luci spente. Quando riaccendiamo la luce, Flora è sempre disfatta dal pianto e ha la faccia scorticata dai tovagliolini del bar che usa per soffiarsi il naso.

Dovrei andarmene, rubare i soldi di nonna e squagliarmela, sperando che questa sfortuna che mi trascino dietro come un cane al guinzaglio mi lasci in pace. A proposito: decido che porterò Pablo con me, ma poi capisco che non è una buona idea, è difficile nascondersi con cinquanta chili di cane al fianco. Meglio sparire da solo, una sola bocca da sfamare, e sarà piú facile trovare un riparo per la notte, anzi, adesso che ci penso non sarà per niente facile trovare riparo, e non avrò neanche Pablo da tenermi vicino quando farà freddo, finirò per morire di polmonite o di malinconia, che situazione di merda. Pensavo di aver toccato il fondo, invece si è aperta una botola ed eccomi di nuovo qui a precipitare. Mi ci vuole piú tempo per elaborare un piano di fuga sensato.

Emma vorrebbe che mi tatuassi una piccola carpa giapponese.

– Avere lo stesso segno sul corpo è un patto di sangue, – dice. – La promessa che saremo amici per sempre.

Guardo il tatuaggio che ha sul collo.

– Quella non è una carpa. È un'anguilla o una murena.

– Hai rotto con questa storia.

Cerco su Google foto di murene e di anguille.

– Dimmi se non ho ragione.

– Vaffanculo, – mi risponde.

Alla fine decidiamo di tatuarci entrambi qualcos'altro. Ho proposto il segno dell'infinito, lei preferirebbe un delfino, che è simbolo di protezione e saggezza. Le dico che, visto com'è andata con la carpa, non rischierei. Sfoglieremo un catalogo e decideremo all'ultimo momento.

Quando arriviamo allo studio del tatuatore, però, ho solo voglia di andarmene. Ma non posso deludere Emma, quindi resto anche se ci sono mille gradi e nessuna finestra, solo la vetrina sulla strada che rimane sempre chiusa mentre lui lavora sul retro, resto anche se il caldo e la puzza di sudore mi bruciano le mucose nasali e mi provocano quella vertigine che ormai conosco bene, mentre nelle vene mi scorre qualcosa che assomiglia a una colonia di formiche in fuga. Stringo la boccetta di Xanax nella tasca e mi sforzo di respirare.

Il tatuatore si fa chiamare Falena, dice che ha quasi finito.

– Dieci minuti e sono da voi.

Ci indica i cataloghi per ispirarci. Cambia stanza e parte il ronzio della macchinetta per l'inchiostro.

Le copertine plastificate sono piene di impronte, sulle pareti ci sono i segni lasciati da un nastro adesivo. Su un tavolino basso c'è la collezione dei fumetti di *Watchmen*.

Emma dice che non le importa niente se ho fatto la figura del coglione, se la mia famiglia è scassata o di cosa ha fatto mio padre e di come l'ha fatto. Dice che forse è stato un incidente, tipo che papà non voleva uccidere il professore ma solo dargli una lezione e poi è finita male. E comunque a lei non importa, dice.

Io, invece, continuo a chiedermi come lo abbia ucciso.

Il corpo di Lorenzo Costa è rimasto due giorni attaccato a quella diga, sbattuto da una parte all'altra dalla violenza della corrente. Due giorni passati a prendere la diga a testate non semplificano il compito di capire con quale arma sia stato ferito o ucciso prima di essere gettato in acqua.

– Credo che dovrei denunciare mio padre, – sussurro.

– Cazzo, no che non devi.

Il rumore della macchinetta dei tatuaggi è abbastanza forte da coprire la nostra conversazione.

– Dovrei denunciarlo e poi scappare.

Le parlo dell'idea di rubare i soldi a nonna, le spiego che il piano ha bisogno di qualche aggiustamento ma che ormai sono deciso.

– E a tua madre non pensi?

Non ci avevo pensato.

– Non devi denunciare proprio nessuno e non devi andare da nessuna parte.

– È un assassino, – dico a voce troppo alta.

– Parla piano, idiota. E comunque non sappiamo se è stato lui.

– E il furgone nel garage?

– La casa è abbandonata, il portone era aperto, potrebbe averlo messo chiunque.

Mi alzo di scatto e tiro un calcio alla gamba del tavolo.

– Non hai le prove, – insiste.

Le prove sono tutte nella mia testa. La volta che aveva detto a mia madre che sarebbe finita male. La notte del delitto in cui non era tornato a dormire. La mano tremante e l'improvviso pallore che gli avevo notato sul viso, la sera in cui il cadavere era stato ritrovato nel fiume. Penso alle esplosioni di rabbia e soprattutto ai silenzi. Non una sola parola è mai uscita dalla sua bocca a commentare la morte di Costa. Quanto urlavano quei silenzi? Se solo li avessi ascoltati. E tutte quelle docce che diceva di fare per darsi una calmata? Cosa gli toglievano di dosso?

In ogni caso, finisce che compriamo online un kit per le impronte digitali: comprende un tampone di inchiostro, una polverina bianca, un pennellino e un paio di occhiali di plastica. Chissà gli occhiali a cosa servono. Quaranta euro buttati, mentre dovrei risparmiare per la fuga. Facciamo spedire il kit al bar Flora, ci sembra piú sicuro. Poi forzeremo il lucchetto e cercheremo di capire se le tracce lasciate sul volante del van di Lorenzo Costa corrispondono a quelle di mio padre.

È il nostro turno. Il tatuatore esce dal retro e ci invita a seguirlo.

Ho l'impressione che a Emma piaccia Falena. Anche se, malgrado la montagna di muscoli, ha l'aria malridotta e un tatuaggio sul cranio che gli maschera la calvizie. Sembra uscito da una storia distopica ambientata in un mondo senza verdure e senza vitamina D. La buona notizia è che non possiedo superpoteri letali e posso augurargli di sparire senza paura di fare di lui un cadavere.

Emma fa un sacco di smorfie mentre la macchinetta le disegna sul braccio una minuscola spirale nera. Lui le sorride. – Ho quasi finito, – dice. Lei ricambia il sorriso. La gelosia ha il vantaggio di distrarmi. Smetto di tremare dentro per concentrarmi e detestare meglio Falena e tutti i tatuatori del pianeta. Sono cosí concentrato a odiarlo che la gabbia di matti che è la mia famiglia diventa lontanissima e riesco perfino a credere che c'è una vita che scorre fuori da quelle sbarre. Prenderò il kit delle impronte digitali e lo butterò nel cassonetto, non voglio sapere niente. Voglio lasciarmi la gabbia alle spalle, prendere le distanze dal mondo distorto che quei due sono riusciti a costruire, lui con la sua rabbia omicida e lei coi suoi patetici compromessi, e vivermi una vita senza di loro. Prima che mi incasinino troppo il cervello.

E poi il tempo farà il suo lavoro. Mi costruirò una memoria decente, quantomeno accettabile, anche a costo di mentire a me stesso. Mentire per sopravvivere non credo sia peccato.

Supponiamo che mio padre la faccia franca: mi basterà rinominare le cose, non chiamarle prove, ma prove indiziarie, per fare un esempio. Non si condanna nessuno sulla base di prove indiziarie.

E se invece lo arresteranno, mi abituerò all'idea che non era una persona raccomandabile ma che ha avuto le sue buone ragioni per diventare quello che è diventato.

Devo solo stabilire lo scarto sopportabile tra la realtà e la menzogna, il giusto intervallo di tolleranza, e attenermi a quello. Un giorno mi guarderò indietro, prenderò in considerazione le contingenze e le attenuanti e dirò: Non eravamo persone cosí terribili, in fondo. In giro c'è di peggio.

– Sei contento? – mi chiede Emma, mentre Falena è al lavoro sulla mia spalla bianca e priva di muscoli.

Potrei essere contento mentre un tizio spesso come un armadio fa un disegno ridicolo sulla mia spalla ridicola?

– Molto.

L'ago dell'inchiostro fa un male cane. Mi sembra di avere una brutta scottatura su cui un gatto si sta facendo le unghie.

– Ora saremo amici per sempre.
– Per sempre, – rispondo.
Sono convinto che nella notte morirò per una setticemia.

Ho preso il vizio di fumare. Non sono certo che due o tre sigarette al giorno si possano chiamare vizio. Le rubo a mia madre, nemmeno se ne accorge. Il lato positivo è che tossisco cosí tanto che mi si irrobustiscono gli addominali. Guardo il cellulare: decine di chiamate perse di mio padre, un paio di mamma. Fumo mentre cammino lento verso casa, anche se si è fatto buio, l'aria è carica di pioggia e i lampioni sprigionano una luce inquietante, umida e lattiginosa. Strano che questa sera il mondo non mi venga addosso per divorarmi. Gli antidepressivi cominciano a fare effetto, peccato solo per quella storia dei gamberi di fiume che sbroccano. Salgo gli scalini a due a due, infilo la chiave nella serratura e faccio un respiro profondo. Entro.

La radio è accesa. Nessuno accenna al mio ritardo. Mi hanno tempestato di telefonate e ora fanno finta di niente. Mio padre è in ginocchio sul pavimento del soggiorno e sta fotografando le piante col cellulare. Ha scaricato un'applicazione che le riconosce e dice che tipo di problema hanno. Il problema delle nostre piante è che non vedono una goccia d'acqua da settimane e adesso che sono crepate mamma le inonda, l'acqua ristagna nel terriccio duro come cemento e fa marcire tutto. Lo sanno entrambi che quelle piante hanno tirato le cuoia da un pezzo, ma lui fa finta di poterle rianimare. Forse è cosí che si comportano i criminali per depistare i sospetti: aggiustano un aspirapolvere rotto, rianimano una pianta in fin di vita, costringono gli altri a pensare che un animo tanto gentile non potrebbe far male a una mosca. Dovrei metterla in guardia, dirle che l'uomo a cui si sta riavvicinando è un pericoloso assassino, evitare di lasciarla sola con lui, confessarle quello che ho visto nella rimessa della casa sul fiume. Ma poi lei lo guarda e gli va incontro, ha un sorriso complice anche se triste, papà ha l'aria turbata e non ricambia il sorriso, mi siedo su una poltrona alle loro spalle, a una distanza che giudico sufficiente perché tutto il mio disprezzo gli arrivi dritto alla schiena.

Alla radio trasmettono il notiziario: settemila migranti sbarcati a Lampedusa, l'Italia è divisa in due dai temporali. C'è odore di caffè nell'aria. Papà ha sistemato i vasi su fogli di giornale, dove ha rovesciato la terra che ora spezza con le mani e mescola ai fondi del caffè per concimarla. Mamma lo osserva, anche lei seduta sul pavimento con le gambe ripiegate sotto i fianchi.

– Siete penosi, – dico a voce alta. – Non vedete che sono spacciate?

– Perché sei cosí pessimista? – dice lei. – Papà ci sta provando.

Lui si volta a guardarmi.

– Sei sempre nervoso, – dice.

All'improvviso sembra vecchissimo.

Che cosa dovrei fare? Pensare che è tornato tutto come prima dell'omicidio? Prima che arrivasse Costa a far saltare in aria le nostre vite? O ancora prima? Prima che l'insoddisfazione e la delusione e la paura complicassero ogni cosa?

La faccia di mio padre è tirata, come se arrivasse da mille notti insonni, e la voce non ha vigore. Abbasso lo sguardo perché all'improvviso provo pena per lui. Fissandomi le scarpe urlo: – Non sono per niente nervoso.

Voglio solo andarmene in camera e chiudermici dentro, ma poi sento che al notiziario parlano di Costa e allora corro verso il telecomando e alzo il volume.

L'esame tossicologico sul corpo di Lorenzo Costa ha stabilito che ad ammazzare il professore è stato un sovradosaggio di insulina. Dicono che il medico legale ne ha trovato tracce nel grasso sottocutaneo e che è stata iniettata allo scopo di uccidere. Dicono che lo shock insulinico ha provocato la repentina perdita di coscienza e che il corpo del professore è stato gettato in acqua in stato di coma. Dicono che le ferite e le macchie ipostatiche che ricoprivano il corpo al momento del ritrovamento hanno complicato il riscontro diagnostico. Dicono che alla fine hanno trovato i punti in cui l'ago è entrato sotto la pelle, nel ventre e sulla parte superiore delle cosce. Dicono che l'alcol e il sonnifero, con ogni probabilità, sono stati somministrati per stordire il professore e procedere senza ostacoli al suo omicidio.

Vedo la schiena di papà che si piega leggermente in avanti, le spalle si chiudono, la testa sembra pesargli. Ricordo bene il giorno in cui ha messo sottosopra la casa perché diceva di non trovare piú le sue fiale di insulina. Aveva chiesto a mamma di dargli una mano. Quale intimo piacere doveva provare, costringendola a cercare l'arma del delitto, sapendo bene che quell'insulina avrebbe presto galleggiato sul fiume dentro il corpo del suo sfortunato amante.

Alzo ancora il volume. Voglio che lei senta, che si prepari a quello che sta per investirci, che si schieri, voglio che torni dalla mia parte perché ho paura, non voglio affrontare tutto questo da solo, non-voglio-restare-da-solo, mamma, per favore, non lasciarmi da solo.

Ma lei si alza, si avvicina e con dolcezza mi prende il telecomando dalle mani. Spegne la radio e mi bacia la fronte.

Lei si alza e spegne quella dannata radio.

4.

Nonna mi dice che ha i suoi alti e bassi. Scosta il lenzuolo e mi mostra un piede gonfio e bluastro, con una ferita che non riesce a chiudersi.

– Come te la sei fatta?

– E chi lo sa.

Dice che i piedi sono cosí freddi che non può dormire. Apre un cassetto del comodino e tira fuori una scatola di Oreo al cioccolato. Mi invita a prenderne uno.

– Questa roba ti ucciderà, – le dico.

Alza le spalle: – Di qualcosa bisognerà pur morire.

Con le dita rugose accarezza il lenzuolo e si commuove, forse non dovevo dirle che gli Oreo potrebbero accopparla, restiamo in silenzio per un po'.

Gli occhi di nonna ricordano quelli di mia madre, ma le sue iridi sono sempre piú opache. Rabbrividisce e guarda fuori dalla finestra, mi chiede se ho visto il meteo, se pioverà. In cielo non c'è una nuvola, il sole batte contro i vetri chiusi, all'improvviso mi accorgo che la stanza è surriscaldata.

– Dovremmo aprire la finestra. Spalancare le imposte. Manca l'aria qui dentro.

– Speriamo che non piova, – risponde lei.

Il cellulare mi vibra nella tasca e fa palpitare anche il letto. Nonna scuote la testa:

– Non dovresti tenerti quella roba addosso tutto il tempo.

– Quale roba?

– Il telefono. Lo sai che lo usano per controllarci le menti.

Me li vedo, lei e zio Ivan, seduti sul letto a divorare zuccheri raffinati e a spassarsela parlando di cospirazioni.

– Non credo che ci controllino le menti.

– Invece sí. Ma non ho capito perché. Secondo te, perché?

Sospira e si gira a fatica nel letto. In fondo non le importa niente di sentire la risposta. È stata contenta di vedermi ma è chiaro che ne ha abbastanza.

Guarda la sveglia sul comodino.

– Fino a che ora ti fermi?

– Sto per andarmene. Mamma mi aspetta.

– Ci sono persone che vivono aspettando sempre qualcosa. Tua madre è una di quelle.

Prima di salutarci, mi dice di prendere i soldi *dove so io*, un pensierino, per comprarmi quello che voglio.

Apro lo sportello del freezer, trovo la scatola di piselli e il piccolo tesoro che contiene. Svuoto la scatola, infilo in tasca le banconote e, nella fretta, infilo pure un pezzo di ghiaccio, bacio nonna sulla fronte, le dico che mi dispiace.

– Non devi dispiacerti, – mi risponde. – Tutti, prima o poi, diventano vecchi. Tutti quelli che non muoiono prima, intendo. Vuoi un biscotto al cioccolato?

– Sono a posto, grazie.

– Non sai cosa ti perdi.

Accarezzo il tesoro di nonna nella tasca dei pantaloni, è piú esile di quanto pensassi. Il ghiaccio si sta sciogliendo e produce una chiazza imbarazzante. Quando arrivo a casa, mi chiudo a chiave in camera e conto le banconote: milleduecento euro. Sono umide e flosce, le separo e le metto ad asciugare sotto il letto, devo trovare altri soldi o sarò costretto a ridimensionare i progetti di fuga.

Il cane uggiola da dietro la porta. Apro e, insieme a lui, entrano mio padre e mia madre. Senza farmi notare, do una ginocchiata a Pablo per punirlo della trappola che mi ha teso, guaisce. – Attento, – dice mio padre, – gli hai pestato una zampa.

Cerco di foderarmi con l'aria indifferente che ho provato e riprovato davanti allo specchio, ma sono tornati i serpenti nella pancia, si attorcigliano e fanno un gran casino, mi viene da vomitare. Che diavolo vogliono questi due?

Papà vorrebbe uscire a cena. Dice: – Dài, andiamo a festeggiare.

Ma lo dice con quella faccia, come se gli avessero diagnosticato un brutto male.

Rispondo che non ho fame e, soprattutto, che non c'è niente da festeggiare.

Mamma si siede sul bordo del letto e si rigira qualcosa tra le mani. Sorride, è piena di disperazione, divorata dal rimorso o forse rassegnata. Se si fosse accontentata di quello che aveva non saremmo finiti tutti nella merda. Scommetto che vorrebbe andarsene a leggere uno dei suoi libri invece di starsene qui a cercare parole che rompano il silenzio. Almeno prima c'era la radio, ma da ieri la tiene spenta. E questa casa è diventata muta come una tomba.

– Scarta il regalo, dài, – dice papà.

Non ho voglia di ricevere regali né tantomeno di fare tutte quelle manfrine in cui ci si esibisce per far credere che hai ricevuto proprio quello che desideravi. E poi cosa ci può essere di desiderabile in quel pacchetto striminzito che mamma continua a tormentare?

– Dài, scartalo, – insiste.
– Ho mal di testa, – mento. – Lo apro dopo.

Se ne sta coi fianchi appoggiati alla scrivania, le spalle curve e un sorriso fasullo stampato sulla faccia. Anche lui, ormai, parla al rallentatore, come mia madre. Mamma dice che è un po' intontita per via delle pillole che ha iniziato a prendere. Dice che sono per dormire ma, a mio parere, le prende per non pensare. O, piuttosto, per giustificare l'aria assente che ha quando i pensieri la portano da un'altra parte.

– Non possiamo accendere l'aria condizionata?
Papà ha la fronte sudata. Si sventola con un quaderno che ha trovato sulla scrivania.
– Non voglio l'aria condizionata, ho mal di testa, – dico.
– Fa un caldo che non si respira.
– Non voglio l'aria condizionata.
Mi lancia un'occhiata strana. Non so se ha piú voglia di darmi una ripassata come si deve o di mettersi a piangere. Mamma gli sorride, lui arriccia il naso.

Credo che papà non ne possa piú di noi. Quante volte, negli ultimi mesi, gli ho sentito dire: «Andiamo fuori, ci farà bene». Non faceva in tempo a finire la frase che noi cambiavamo stanza senza nemmeno rispondere. L'umiliazione ti incattivisce. Poco prima sei uno che vuole rendere il mondo migliore, poco dopo prendi a pugni un frigorifero e ammazzi qualcuno.

Quello che non capisco è perché adesso ce ne stiamo qui a cercare di imbrogliarci a vicenda, a fingere di essere una famiglia normale, persone normali. Andiamo a festeggiare, dice lui, cosa c'è da festeggiare, ma ti senti quando parli? Con quelle parole che ci mettono una vita a uscirti dai denti? Cos'è successo alle vostre parole? Sembra che parliate dal fondo di un acquario. Se volete la mia opinione, è l'inferno che vi portate dentro: le intrappola e non le lascia uscire.

Emma dice che non avrà mai una famiglia sua. E se un giorno sentirà il bisogno di fare un'esperienza potenzialmente letale, piuttosto farà la paracadutista o la speleologa sottomarina. – A volte però la famiglia può essere un posto bellissimo dove stare, – le ho detto. Lei ha sbuffato e poi si è guardata le scarpe: – Sí, a volte sí.

Dice che non possiamo conoscere quelli che ci stanno troppo addosso. Che è una cosa tipo il problema che hai quando sei vecchio, che se guardi da vicino vedi tutto annebbiato. O qualcosa come la tua voce: pensi di conoscerla bene. Merda, la ascolti da anni, poi la senti registrata da qualche parte e dici: Chi è 'sto stronzo che parla con questa voce del cazzo?

– Cominci a darmi sui nervi, ragazzino, – ringhia mio padre. – Scarta il regalo e andiamo a cena fuori. Farà bene anche al tuo mal di testa.

Strappo il pacco dalle mani di mia madre e lo apro. Dentro c'è una guida turistica. Una stupida guida turistica della Francia.

– E cosa dovrei farmene?

Non ce l'ho il mal di testa. Magari avessi mal di testa: ci sarebbe una buona ragione per distrarmi. Da quando prendo gli antidepressivi le emicranie sono quasi scomparse, ma non mi va di dirglielo, voglio che la mia malattia resti tra me e loro come una pellicola, come un muro.

Mancavano due giorni al mio quattordicesimo compleanno, la prima volta che mi è scoppiata la testa. Ero con mia madre, in coda alla cassa di un supermercato, e niente faceva presagire che, da un momento all'altro, una forza misteriosa con le palle girate avrebbe cominciato a lavorare di martello e non avrebbe piú smesso. Mamma aveva fatto incetta al reparto dei parafarmaceutici e svuotava il carrello a una lentezza esasperante. Prendeva ogni singolo oggetto – creme, integratori, cosmetici bio – e prima di depositarlo sul nastro della cassa lo valutava a lungo. C'era un sacco di gente in coda e io mi vergognavo da pazzi, perché avrebbero pensato che mia madre era una persona vanitosa e superficiale. Cosí cercavo di concentrarmi sul mio compleanno e sui grandi cambiamenti che avrebbe apportato alla mia vita, tipo la possibilità di guidare un motorino o di riconoscere la paternità di un figlio (non intendevo diventare padre, ma il fatto che la legge ne considerasse la possibilità sembrava aprire legittimamente la strada a una vita sessuale), insomma, cercavo di concentrarmi sulle cose belle, quando la forza misteriosa, senza preavviso, senza una ragione, ha cominciato a prendermi a martellate.

«A cosa servono tutte queste medicine?» mi ha chiesto Emma la prima volta che è entrata nella mia stanza. Mi ero dimenticato di nasconderle, sono arrossito. «Mi calmano la testa», le ho confessato.

Ora vorrei prendere il cellulare e fare un video di noi tre in questo momento, inviarlo a Emma e dirle: Sono chiuso in stanza con due mostri veri, due mostri in carne e ossa, non quelli che ho nel cervello, vieni a salvarmi. Vorrei anche dirle che i fili invisibili che mi legano a questi due esseri che pensavo di conoscere, e che invece non conosco per niente, mi stanno strozzando. Vieni a salvarmi. Domani parto, vorrei dirle. Vieni a salvarmi.

5.

– Non potresti mostrare un minimo di entusiasmo?

Mamma blatera di strade di lavanda, cave di ocra, fenicotteri rosa.

– Una volta ti piacevano i fenicotteri, – dice. – C'era quel documentario sulla Tanzania, te lo ricordi? Lo avremo visto un centinaio di volte. Ti ricordi che per Natale hai chiesto un fenicottero?

– Avevo sei anni.

– Allattano i cuccioli. Non è pazzesco?

Stipa magliette e pantaloni nella valigia aperta sul letto. Conta undici paia di mutande e altrettanti calzini e li infila in una tasca laterale insieme a quattro costumi da bagno. Hanno detto che staremo via solo qualche giorno, a cosa dovrebbe servirmi tutta quella roba? Resto in piedi alle sue spalle, non ho ancora pronunciato una parola.

– Perché tu non vieni?

– Oggesú, Nico. Ti divertirai, smettila di comportarti cosí. Stai partendo per una vacanza. Ho messo le tue medicine nella tasca interna.

– Ti ho solo chiesto perché non vieni.

– Me lo hai chiesto un milione di volte. Zio Ivan ha un problema da risolvere e non posso lasciarlo solo.

– Cazzate.

Si gira e mi punta un dito addosso.

– Non parlarmi in questo modo.

Ruota di nuovo su se stessa e si affloscia sulla valigia.

– Papà ha prenotato un albergo a quattro stelle a Marsiglia. Sarà bellissimo. Starete bene. Pablo viene con voi.

– Perché Pablo viene con noi?

Sposta magliette e felpe e rovista sul fondo della valigia, come per cercare qualcosa che non trova. Vorrei farle un sacco di domande: «Da quanto tempo sapevi che mio padre è un assassino? Perché lasci che mi porti via? Perché stai rinunciando a me?» Sono cosí pieno di dolore che non chiedo niente.

Mi guardo attorno, faccio un inventario di quello che resterà dopo di me.

– La collezione di *One Piece* vale un sacco di soldi, – le dico.

– Fantastico, – dice lei.

Mi abbraccia sulla porta di casa, sento un fremito che attraversa le sue braccia magre e il profumo floreale dei capelli. Resto immobile, con le mani lungo i fianchi e niente da dire. Ci accompagna sul pianerottolo. Papà mi accarezza una spalla e io fisso il pavimento perché non ho il coraggio di affrontare il suo sguardo. Mi pento di non aver ricambiato l'abbraccio di mamma.

– Ti chiamo, – prometto mentre l'ascensore si richiude.

– Pensa a divertirti, – mi urla lei dalle scale.

Percorriamo i primi centocinquanta chilometri quasi in silenzio. Pablo ansima forte nel baule, apro leggermente il finestrino posteriore ma l'aria che entra provoca un rumore assordante.

Papà mi chiede se voglio sentire un po' di musica. Gli rispondo di no. Ogni tanto mi stringe una mano o mi sfiora una gamba e sorride, guardandomi come se avessi la febbre. O come se quello malato fosse lui.

– Sei stanco?

– No.

– Hai fame?

Io evito accuratamente di guardarlo. Chiudo gli occhi, fingendo di dormire, oppure guardo il panorama senza nessuna curiosità. Costeggiamo campi coltivati, pianure che non finiscono mai: non c'è un'anima viva in mezzo a tutto quel grano che sembra prendere fuoco sotto il sole.

Superiamo un'auto, i miei occhi incrociano quelli del guidatore. Se mamma non mi avesse tradito, abbasserei il finestrino e chiederei aiuto. Anzi, se lei fosse rimasta dalla mia parte avrei affrontato mio padre, avrei preteso di sapere i suoi piani. «Su quella macchina di merda non ci salgo», avrei detto. Invece mi sono fissato le scarpe in silenzio, perché all'improvviso non avevo piú un posto in cui stare, un posto che fosse casa mia, e quindi tanto valeva salire su questa macchina di merda. L'unica cosa buona che mi viene in mente è Emma, ma dopo quel bacio non ce n'è stato un altro.

Coi soldi di nonna ho comprato a Emma un cellulare che può tracciare il mio gps per sapere sempre dove sono. – Se all'improvviso smetto di rispondere, – le ho detto, – scatena la caccia all'uomo.

– Che cazzo stai dicendo? – ha chiesto lei. – Ma niente, è un gioco, – ho risposto. – Però tu fallo.

Forse mio padre si sente piú solo di me. A lui chi resta? Non parla mai dei suoi amici, visto che non ne ha. I pochi che sono passati da casa nostra, un invito o due a cena e poi sono spariti, avevano una scopa nel culo e la mente pedante come la sua. Ne ricordo uno che aveva progettato un involucro di plastica rinforzato per impedire ai biscotti di sbriciolarsi.

– Dove andiamo? – gli chiedo.

– Dove ci pare.

È il primo viaggio che facciamo senza mamma e non è mai capitato che andassimo dove ci pareva. La gita a Parigi l'abbiamo organizzata con sei mesi di anticipo. Intere serate a scegliere l'albergo, ristoranti da provare, musei da visitare. I biglietti per il Louvre, uno spettacolo all'Opéra Garnier, la crociera sulla Senna. Papà ha compilato un itinerario e disegnato un percorso con la matita rossa su una mappa in bianco e nero della città, per rispettarlo avremmo dovuto percorrere dodici chilometri al giorno, aveva stabilito.

In un attimo, il sole scompare e la strada taglia il fondovalle di un fiume, costeggia una vecchia ferrovia. Percorriamo un lungo rettilineo, papà preme il piede destro sull'acceleratore e tiene entrambe le mani sul volante. Gli incroci della strada principale sono quasi nascosti dagli alberi, potrebbe arrivare qualcuno all'improvviso. Se sbucasse un trattore ci divorerebbe in un istante. Papà ha una piccola ruga in mezzo alla fronte, sta valutando i rischi. Prendiamo una curva a tutta velocità, solo all'ultimo solleva il piede dall'acceleratore e lo mette sul freno. Mi aspetto di sentire le gomme perdere aderenza e slittare sull'asfalto, invece la macchina obbedisce senza fare storie. Quando viaggiavamo con mamma, lei diceva che, prima o poi, sarebbe morta di paura.

«So quello che faccio», rispondeva lui.

«Devi smetterla di credere che hai tutto sotto controllo».

Papà ha pensato a lungo di poter controllare ogni cosa. Ci lavorava duro, fornendoci un amore efficiente, metodico, termodinamico, una specie di forza gravitazionale che, nelle sue intenzioni, ci avrebbe resi inseparabili e ci avrebbe messi al riparo dall'infelicità e dall'ignoto. Da piccolo mi piaceva, mio padre, perché pensavo fosse un uomo prudente. Poi ho capito che era un uomo arrogante.

Pensare di controllare il disordine è arrogante. Le probabilità che l'entropia prenda la direzione che hai scelto sono infinitesimali rispetto a tutte le altre possibili. E tutte le altre possibili sai dove rischiano di portare la tua bella famiglia termodinamica? In fondo a un pozzo.

Viaggiamo da quasi quattro ore.

– Dove si va? – chiedo un'altra volta.

– Ci fermiamo ad Antibes a mangiare qualcosa. Possiamo vedere i quadri di Picasso, ti piace Picasso? Oppure ci infiliamo un costume e stiamo in spiaggia. Questa sera siamo a Marsiglia e al risveglio prendiamo la direzione che ci va di prendere. Barcellona? Che ne dici di Barcellona? Oppure risaliamo verso l'Oceano: Montpellier, Tolosa, Bordeaux. Ce la spassiamo.

Non ci aspetta nessuno. Nessun programma, nessuna prenotazione. Mi chiedo se sia un sistema per lasciare meno tracce possibili.

Il telefono vibra nella tasca. Apro WhatsApp: «Che cazzo ci fai in Costa Azzurra? Perché non mi hai detto che partivi?»

Scatto una foto di mio padre alla guida per inviarla a Emma, papà coi capelli appena tagliati a zero. E anche la barba tagliata. La sua nuova versione: quella che la polizia dovrebbe cercare se all'improvviso sparissimo dai radar.

In pochi giorni sembra invecchiato di qualche decennio.

– A chi la mandi?

– Alla mamma, – mento.

– Lasciala stare, non tormentarla, – mi dice. – Se vede che ci divertiamo, diventa gelosa.

C'è un velo di disprezzo nella sua voce. Riguardo la foto, non sembra affatto uno che si diverte. Schiaccio il tasto invio. Il telefono comincia a vibrare di messaggi in arrivo.

«Dove state andando»

«Dov'è tua madre»

«Che cazzo sta succedendo»

«DOVE CAZZO STATE ANDANDO»

Percorriamo un tratto di strada a picco sul mare, fisso le mani di mio padre che stringono il volante. Mi aspetto che da un momento all'altro sterzi a sinistra, spinga l'auto sull'altra carreggiata, sfondi la ringhiera del guardrail e ci spedisca tutti e tre al creatore.

– Perché mamma non è venuta con noi?

– Aveva altro da fare.

– Cosa?

– Aiutare zio Ivan, lo sai.

Di nuovo quel velo di disprezzo nella voce.

La strada corre in mezzo a lecci e cespugli di oleandri. Mi concentro sul panorama e non apro bocca per un po'. Piú tardi mangiamo un panino al volo in un baretto. Non mi chiede se voglio infilarmi un costume e andare in spiaggia, se ne è dimenticato. Ha solo fretta di arrivare dove vuole arrivare.

Per un istante penso che sarebbe stato meglio se ci fosse finito mio padre in quel fiume, al posto di Costa. Ma subito me ne pento perché è un pensiero terrificante. Il problema, ora, è che non riesco piú a togliermelo dalla testa.

A Marsiglia lasciamo l'auto in un posteggio pubblico e andiamo a piedi nella zona vecchia della città. Sull'acciottolato le ruote delle valigie fanno un rumore insopportabile. Ci sono milioni di scalini da fare e con Pablo al guinzaglio che tira sono una fatica doppia. Papà controlla l'indirizzo sul cellulare e poi dice: – Siamo arrivati.

Non c'è nessun albergo a quattro stelle. C'è un bed and breakfast, papà digita un codice ed entriamo senza che ci sia nessuno ad accoglierci. Scatto una foto dell'ingresso e la mando a Emma, con la via e il numero civico. «Sali sul primo treno e torna indietro o vengo a prenderti», mi risponde.

Le mando una faccetta che ride. «È solo una vacanza. Non preoccuparti».

La verità è che non sono certo di voler essere salvato.

Entriamo nel bilocale, apro la valigia e ne estraggo due Monster all'anguria. Fotografo anche quelle e gliele invio.

Per lei la Monster è solo al mango. Dice che quella al mango ha un sapore celestiale, a differenza di quella all'anguria che sa di pozzanghera. Allora io le dico che è la sua che sa di pozzanghera, la mia è paradisiaca. «Sei uno sfigato», mi scrive.

6.

Poso la valigia nell'ingresso senza aprirla e gli dico che vado a dormire. Papà alza lo sguardo dallo schermo del telefono e mi fissa come se all'improvviso avessi una testa enorme ed enormi occhi a mandorla, coperti da una membrana nera.

– Stai scherzando? È ancora giorno.

– Sono stanco. Vado a dormire.

– Guarda cos'ho trovato.

Mi mostra il cellulare, la foto di un ristorante sul porto. Una tovaglia a quadri e sulla tovaglia un piatto di *moules et frites*.

– Chiamo mamma e vado a dormire.

– Cristo santo, riesci a stare due giorni senza sentire tua madre?

Attraversa la stanza a passi pesanti. Sembra una scossa di terremoto.

– Non sono sordo, perché stai urlando?

Mi accorgo che sto urlando anch'io.

– Sembra che hai due anni, Nico. Usciamo e andiamo a cena fuori.

Me ne vado in camera, scrivo a mia madre ma ha il cellulare staccato. In questi giorni sparisce e non risponde, come ai tempi di Lorenzo Costa. Scrivo a Emma.

«Cosa stai facendo?»
«Guardo una serie».
La guardiamo insieme, a distanza.

Nella notte mi alzo e trovo papà addormentato davanti al televisore acceso, i piedi su un tavolino accanto ai resti di un hot dog e a una bottiglia vuota di birra. La testa gli cade su una spalla, di lato, la bocca è spalancata, come se volesse gridare ma non uscisse alcun suono. Nella mano destra, aperta e abbandonata sul divano, c'è un'altra bottiglia. Non sembra uno che dorme. Sembra uno che se ne stava a guardare la televisione quando qualcuno lo ha crivellato di colpi. La stanza è buia ma dalla finestra entrano le luci dei lampioni.

Esco in strada e me ne resto per un po' sul marciapiede a respirare, lascio che il vento mi riempia i polmoni. Poi torno su, spengo il televisore e mi infilo a letto.

Durante la notte il parabrezza si è coperto di rami, foglie e polvere rossa, che lui spazza via soffiando o passandoci la mano. Spruzza sul vetro un detergente che sa di ammoniaca e lo pulisce con un panno, sfregando dall'alto verso il basso e poi da destra a sinistra, attento a non lasciare aloni.

Mi chiede se ho deciso dove andare. – Ho mal di testa, – rispondo. – Scegli tu.

Lui si mette a strofinare il vetro con piú forza e sibila: – Certo, scelgo io.

Appena fuori dalla città imbocchiamo la strada per Arles, poi costeggiamo la Camargue. Uno stormo di fenicotteri ci sorvola, mi sporgo dal finestrino, il chiasso che fanno supera il rumore delle ruote sull'asfalto e del motore.

– Da piccolo ti piacevano i fenicotteri. Volevi andare in Tanzania a vederli, – mi dice.

È sempre lui che prova a rompere il silenzio.

«Hai preso le medicine?» «Puoi smetterla con quel cellulare?» «Vuoi fare un pausa?» «E adesso perché siamo fermi? Cos'è questa coda?»

– Cosa vuoi che ne sappia, – gli rispondo, senza nemmeno guardarlo.

Per un po' nessuno dei due dice piú niente.

Ha acceso la radio, ascoltiamo una vecchia canzone francese che cerca di cantare anche lui, seguendo il ritmo con le dita che picchiettano il volante. Non va a tempo né con la voce né con le dita. Sentirlo cantare con quelle erre che si attorcigliano e si incagliano in fondo alla gola sarebbe una ragione sufficiente per tirare il freno a mano, aprire la portiera e svignarmela. Il problema è che non saprei dove andare.

Non so cosa gli passi per la testa. A volte ho l'impressione che mi sopporti a fatica, altre volte mi guarda e sembra sul punto di commuoversi, mi dà una carezza. È come se dentro di lui ci fossero due serbatoi, uno pieno di rabbia e uno pieno di amore. So esattamente cosa fare perché il primo tracimi, so cosa dire perché lui si senta umiliato e lo dico, la sua umiliazione in cambio del mio rancore, avevo dei sogni e ora non ho piú niente, e poi non sono mica il suo psichiatra, ma dopo mi pento, guardo la ruga ai lati della sua bocca indurirsi, sento addosso tutto il peso delle nostre solitudini, una volta avrebbe fatto qualunque cosa per me, anche morire. E se mia madre avesse ragione? Se mi avesse portato fin qui per ricostruire e non per distruggere il poco che è rimasto?

Se almeno sapessi dov'è finita e perché il suo telefono è sempre staccato. Papà allunga la mano e mi tocca. – Hai le braccia gelate, – dice, mentre abbassa l'aria condizionata.

All'improvviso vorrei appoggiargli la testa sulla spalla. Mi sento cosí a disagio che mi schiaccio sulla portiera e aumento la distanza.

– Quando ci fermiamo? – chiedo.

– A Perpignan facciamo una pausa.

Piú tardi, in un bar, la cameriera si avvicina per le ordinazioni. Raccoglie una tazza sporca, la sposta sul tavolo di fianco, passa uno straccio umido con movimenti circolari. Ha un bel sorriso e la voce gentile. È molto carina e ricambio con un sorriso idiota.

– Il caffè fa schifo. Vuoi prendere qualcos'altro? – chiede poco dopo mio padre.

– No, va bene cosí, – dico.

Poi però passo il tempo a dire che è imbevibile.

Pablo guaisce. Abbiamo dimenticato di prendere le sue crocchette e continuiamo a rimpinzarlo di brioche e pezzi di pane: sembra che non si sfami mai abbastanza.

Se non vedessi che anche papà sta guardando l'uomo seduto nell'angolo penserei che è solo la mia immaginazione, il desiderio che accada qualcosa di definitivo. L'uomo è da solo, sul suo tavolo non c'è niente. La cameriera gli si è avvicinata e lui le ha fatto segno di aspettare. Si rigira il telefono tra le mani e continua a guardare verso di noi, forse sta aspettando il momento giusto, poi si alzerà dalla sua merdosissima sedia, si avvicinerà con un tintinnio di manette e tutto sarà finito.

Papà ordina un altro caffè.

– Ma se è imbevibile, – dico io.
– Mi sono già abituato, – dice lui.

Il telefono dell'uomo si mette a squillare. La suoneria è cosí alta che tutti si voltano a fissarlo. Lui invece fissa lo schermo e non accenna a rispondere. Se arrestassero mio padre, la polizia mi riporterebbe a casa. Mamma mi accoglierebbe sulla porta e mi abbraccerebbe per consolarmi, e io me ne resterei immobile, con le braccia lungo i fianchi come quando stavo per partire, perché non posso piú fidarmi di nessuno, nemmeno di lei. L'uomo rifiuta la telefonata e torna a guardare dalla nostra parte, guarda me e fa un sorriso strano. Stringo la mascella, i denti sfregano tra loro. Dico a mio padre che voglio andarmene subito.
– Dove vuoi andare?
– Dove capita. In spiaggia.

Ci alziamo e lasciamo i soldi sul tavolo. Facciamo per uscire ma Pablo dà uno strattone e si avvicina all'uomo, annusa l'aria per capire se ha qualcosa da offrirgli. L'uomo scosta la sedia facendola strisciare sul pavimento e scoppia a ridere rumorosamente. Ha una faccia enorme e denti piccoli, separati, ora che ride non sembra nemmeno l'uomo di prima. Si sporge in avanti, affonda le mani nel pelo, strofina la faccia enorme contro le orecchie di Pablo, lo bacia sul cranio.
– J'avais le même chien, – dice.
Nel bar entra una donna, anche lei si avvicina a Pablo e lo accarezza, dà un bacio all'uomo che continua a ridere con quei denti piccoli e irregolari e si siede al suo tavolo.
Mentre ci allontaniamo dal locale, loro due continuano a sorriderci dalla vetrina.

Arrivati alla spiaggia cerchiamo il posto giusto per costruire un castello di sabbia. Papà ha voluto comprare palette e secchielli, manco avessi ancora sei anni. Quand'ero piccolo costruivamo castelli pazzeschi. Per due impediti come noi, era la cosa piú spericolata che potessimo fare. E adesso eccoci di nuovo qui. Pablo vorrebbe partecipare ma gli intimiamo di allontanarsi e di scavare da un'altra parte.

Scegliamo un posto sufficientemente vicino al mare per farci arrivare l'acqua, ma abbastanza lontano perché sia protetto dalle onde. Papà si accende una sigaretta.

– Non avevi smesso?

– Ho ricominciato.

– Da quando?

– Da ora. Ne vuoi una?

Mi porge il pacchetto. Non lo aveva mai fatto. Sfilo una sigaretta, me la porto alle labbra.

– Passami l'accendino, – gli dico.

Ci metto una vita ad accenderla, poi la stringo tra i denti mentre togliamo la sabbia piú asciutta e schiacciamo quella umida con le mani e con i piedi per farci una spianata. Il fumo mi va negli occhi e mi fa lacrimare, tossisco e non vedo piú niente. Lui si esibisce in una risata silenziosa. Scaviamo un fossato e con la sabbia che togliamo costruiamo le mura. Il difficile è fare le porte. Vado a cercare legnetti per il ponte levatoio e per il portale. Un secondo giro di mura piú basse lo costruiamo prendendo sabbia dalla riva, facciamo attenzione a compattarlo bene perché vogliamo essere certi che la città sia protetta. È una città mediocre e un po' malinconica, una volta avremmo costruito torri e camminamenti di ronda, disposto una fanteria di arcieri sulle mura difensive: abbiamo perso la mano coi castelli di sabbia, ma vogliamo che almeno sia sicura. Sulle mura interne scavo le finestre del castello, nella spianata centrale erigiamo una piccola chiesa che ha piú l'aspetto di un supermercato. Poi restiamo per qualche istante ad ammirare il lavoro. Alla fine siamo abbastanza soddisfatti e ci scambiamo un sorriso.

– Non è cosí male, – dice lui.

– Non è cosí male.

Prendo il cellulare dalla tasca.

– Cosa fai?

– Chiamo mamma, le mostro il castello.

– Non farlo.

Il telefono di mamma è di nuovo staccato, papà ha spento il sorriso. I contorni della sua faccia sono definitivamente franati. Mi alzo di scatto e gli chiedo perché.

– Perché non posso mai chiamarla? Sono stanco di sentire la storia di zio Ivan, stanco di questo stronzissimo viaggio, della Francia, della Spagna, di stare incollato a quella macchina di merda. Perché mamma non è qui?

Si alza in piedi anche lui, sfregando con forza le mani sui pantaloni per togliersi la sabbia. Ha la faccia cosí rossa che potrebbe esplodere.

– Vuoi sapere perché tua madre non c'è? Lo vuoi sapere? Perché ha rovinato tutto. Lei rovina tutto. Tutto quello che tocca lei lo guasta, hai capito? Ora ce ne stiamo in giro per un po' e ci godiamo questa cazzo di vacanza, e tu mi farai il favore di non nominare tua madre perché mi sono rotto il cazzo. Hai capito, Nico? Mi sono rotto. Avrò il diritto di godermi una cazzo di vacanza con mio figlio?

– Un po' quanto?

– Il tempo necessario.

– Necessario a cosa? – urlo.

Chiude gli occhi e soffia dal naso, provo a richiamare mia madre ma lui mi viene addosso, travolge il castello, in due passi lo disintegra, mi prende il telefono dalle mani e lo getta in mare, piú lontano che può.

Sono cosí sconvolto che ho l'impressione di aver perso l'orientamento, come se fosse diventato buio pesto. Fatico a ricordarmi dove siamo. Pablo abbaia e continua a saltare sulle zampe posteriori. A un centinaio di metri c'è un ombrellone bianco e sotto l'ombrellone due persone, fino a poco fa leggevano e si godevano il tramonto sedute sulle sdraio, ora guardano nella nostra direzione attirate dal latrare di Pablo. Vorrei solo scomparire. Mi giro verso le onde e invoco l'apocalisse, chiamo la bestia del mare e poi la bestia della terra, chiedo che arrivino e mi riducano a brandelli, anche gli angeli delle sette piaghe andrebbero bene, voglio finire in pasto ai gabbiani, sparire dal pianeta, ma non arriva nessuno. Non voglio guardare mio padre perché ho paura di quello che potrei vedere, allora guardo i suoi piedi, li trascina come se fosse esausto o ferito, prendo una manciata di sabbia, gliela getto addosso, si avvicina e lo colpisco coi pugni e con le unghie, mentre lui cerca di abbracciarmi. – Non mi toccare, stai lontano, – urlo. E poi: – Vuoi uccidere anche me? È questo che vuoi fare?

Allora lui si lascia cadere sulla sabbia, e mi lascio cadere anch'io. Prova ancora ad abbracciarmi e questa volta non ho la forza di reagire.

– Come puoi pensare che voglio farti del male?

Viaggiamo in auto per altre due ore e raggiungiamo Barcellona. Posteggiamo e percorriamo un lungo tratto a piedi perché papà vuole sgranchirsi le gambe prima di andare all'albergo che ha trovato online tra le offerte dell'ultimo minuto. Mi chiede se voglio mangiare qualcosa, gli dico di no. Non puoi prendere a pugni tuo padre, urlargli che è un assassino e poi ordinare tortillas.

– Vorrei solo qualcosa da bere, – gli dico.

Entriamo in un bar, è pieno di gente, compresa una comitiva di italiani. Quando ci portano i bicchieri, papà alza timidamente il suo, faccio finta di non accorgermene. Ha ordinato un'Alhambra rossa mentre io ho scelto una Estrella, piú leggera. Ce le scambiamo per confrontarle. Lui è soddisfatto della sua, io non saprei, detesto la birra. Mi dice che dobbiamo parlare. – No, ti prego, – dico io, – non questa sera.

L'idea di ritrovarmi a sviscerare la questione e ricostruire passo passo come ci siamo sputtanati tutto mi fa sentire stanchissimo: apprezzo lo sforzo ma grazie, no. Finisco la mia birra e sono completamente sbronzo.

L'adattamento è una forma di vigliaccheria, ma non è una scelta comoda. Quindi che nessuno venga a dirmi che ho preso la strada piú semplice. Se avessi tagliato i freni dell'auto o mi fossi buttato dalla cima di un palazzo, allora sí, sarebbe stato un lavoretto veloce. Adattarsi presuppone un impegno a lungo termine. Prendi la tua vita e la riscrivi da capo, sulla base delle nuove informazioni e delle nuove esigenze, con quel rumore di sottofondo a tenerti compagnia, quella vocina che ti graffia costantemente le orecchie e ti ricorda quanto sei stato coglione. Molto meglio avere un acufene.

Dopo Barcellona ci rimettiamo in auto e a Valencia facciamo una nuova pausa. Il nostro viaggio prosegue cosí: chilometri e chilometri, pausa pranzo, chilometri e chilometri, pausa cena, chilometri, albergo. Per essere una vacanza non è la fine del mondo. Spezziamo solo per sgranchirci le gambe o prendere un caffè. Papà dice che prima o poi troveremo il posto giusto e allora ci fermeremo.

– E come lo riconosciamo? – gli chiedo.

– Chi lo sa, forse sarà lui a riconoscerci.

Insiste che dobbiamo parlare. Continuo a rispondergli: – No, ti prego, non oggi.

La conferma di quello che avevo intuito mi arriva a Tarifa, in un negozio di telefoni cellulari. Mio padre si è deciso a comprarmene uno nuovo. Del resto, se lui non avesse sbroccato su quella spiaggia di Perpignan, il problema non sussisterebbe. Lo accendo e scrivo a Emma. Le chiedo scusa per essere sparito e le dico che va tutto bene. Mi risponde che sono una TESTA DI CAZZO e che si è presa paura. Poi mi scrive che le dispiace tanto. «Torna presto», mi dice. «Ti aspetto».

La notizia che mia madre si è costituita è su tutti i giornali. Li scorro veloce sul telefono, leggo i titoli e cambio pagina. C'è una sua foto di qualche tempo fa, coi capelli raccolti e senza trucco, una foto che non ricordavo. Indossa un cappotto scuro e una sciarpa, gli occhi trasparenti hanno dentro una specie di dolcezza o di calma, non diresti mai che sono gli occhi di un'assassina. A fianco, c'è la foto di Lorenzo Costa.

– Nico, dobbiamo parlarne, – dice mio padre.

– Oggi no, – rispondo. – Magari domani.

Raggiungiamo la spiaggia di Bolonia, togliamo le scarpe e ci lasciamo scivolare sulle dune. A ogni passo i piedi sprofondano nella sabbia sottile e finiamo con la schiena a terra. La sabbia scricchiola perfino sotto i denti. Ogni tanto ci spostiamo e camminiamo sulla riva, i polpacci immersi in venti centimetri d'acqua gelata. Facciamo a gara a chi resiste di piú prima di arrendersi e correre all'asciutto. Mi arrendo sempre per primo perché dopo un istante mi gira la testa in preda all'ipotermia. Allora gli dico che non vale, che tutto quel grasso che ha dovrebbe essere reato in questo tipo di gare.

La foschia che sale dal mare si è dileguata. C'è cosí tanta luce che ce ne stiamo con gli occhi strizzati e una specie di sorriso ebete stampato in faccia.

– Potremmo fermarci qui un po' di tempo, – dice.

– Mi serviranno gli occhiali da sole, – rispondo.

– Ok.

– Magari a specchio. Preferisco quelli a specchio.

– Si può fare.

– Papà?

– Mhm?

– Per quanto tempo?

Stringe le labbra. Mi posa la mano sulla spalla e mi tira vicino, respira a lungo tra i miei capelli.

Il mio corpo magro scompare nel suo.

Ringraziamenti.

Questa è una storia di pura fantasia, non serve dirlo. Ma per scriverla ho riaperto stanze dentro di me che avevo chiuso a doppia mandata. Avevo piú o meno l'età di Nico, il protagonista del romanzo, quando ho stipato là dentro ferite, paure e la consapevolezza che delle persone che amavo non avrei mai capito niente. Massimo Fariello, che è sempre stato al mio fianco – e spero che ci resterà ancora un bel po' –, mi ha aiutato a inoltrarmi anche nei posti piú lontani e piú bui, fino a trovarci un sacco di cose belle e utili che erano finite per sbaglio tra i ricordi da buttare. Inoltre, mi ha aiutato a capire meglio le menti analitiche e quanta poesia possano contenere.

Arianna D'Andrea mi ha insegnato tanto sulla bellezza della generosità, che è la postura piú elegante con cui si possa calpestare il pianeta. Carla Cerri, amica amata, mi ha prestato il suo sguardo sul futuro e mi ha dato forza quando ne avevo bisogno.

Max, Ari e Carla: senza la loro presenza nella mia vita, questo romanzo non ci sarebbe.

Voglio ringraziare anche Nicoletta Anzalone, Maria Letizia Primo e Lorenzo Varetto, per l'aiuto sulle questioni mediche e medicolegali. E Guru Madhavan, autore del libro *Come pensano gli ingegneri* (Raffaello Cortina Editore).

Ringrazio Luca Briasco, per tutti i suoi preziosi consigli. Francesca Peligra per l'appassionato e scrupoloso lavoro sul testo. E Dalia Oggero, editor straordinaria e unica.

Poi ringrazio Federica De Paolis e Francesco Carofiglio, con cui in questi anni ho parlato parlato, pianto un po' e riso tantissimo. E infine i miei figli, che sono pieni di luce. E vivere accanto a creature luminose è un regalo grande.

Indice

p. 3 Oggi
13 Prima
143 Oggi

199 *Ringraziamenti*

Einaudi usa carta certificata PEFC
che garantisce la gestione sostenibile delle risorse forestali

Certificato PEFC
Questo prodotto è realizzato con materia prima da foreste gestite in maniera sostenibile e da fonti controllate
PEFC
PEFC/18-32-03
www.pefc.it

Stampato su carta HOLMEN con fibra vergine
proveniente da foreste sostenibili
www.holmen.com/paper

Stampato per conto della Casa editrice Einaudi
presso ELCOGRAF S.p.A. - Stabilimento di Cles (Tn)
nel mese di gennaio 2025

C.L. 26821

Ristampa						Anno			
0	1	2	3	4	5	2025	2026	2027	2028